CHRISTIAN DE MONTELLA

INDOCHINA

EDICIONES B

GRUPO ZETA

Título original:
Indochine

Traducción:
Manuel Serrat Crespo

1.ª edición: junio 1995

© C. Cohen, L. Gardel, C. de Montella,
   E. Orsenna, R. Warnier, 1992
© Ediciones B, S.A., 1994
   Bailén, 84 - 08009 Barcelona (España)

Printed in Spain
ISBN: 84-406-4833-2
Depósito legal: B. 26.285-1995

Impreso por LITOGRAFÍA ROSÉS

Pelicula distribuida en España por:
CINE COMPANY

Realización de cubierta:
Estudio EDICIONES B

CHRISTIAN DE MONTELLA
INDOCHINA

PRIMERA PARTE

1

Éliane Devries tenía treinta años. Nunca había salido de Indochina.

El príncipe N'Guyen y su esposa habían sido sus más queridos amigos. Los tres eran inseparables. Tal vez la juventud fuera eso. Creer que el mundo está compuesto de cosas inseparables: los hombres y las mujeres, las montañas y los llanos, los humanos y los dioses, Indochina y Francia.

El avión del príncipe había desaparecido en el mar, cierta noche, ante las costas del cabo Saint-Jacques.

Durante los funerales, mientras al son regular y lacerante del tambor decenas de embarcaciones cargadas de músicos con ropajes de luto, negros, blancos y malvas, seguían a respetuosa distancia la barca de gala donde, uno junto a otro, habían sido colocados ambos ataúdes, Camille, sin decir una palabra, tomó la mano de Éliane.

Camille acababa de perder a su padre y a su madre. Tenía sólo cinco años. La pequeña indochina, vestida por completo de blanco, y Éliane, la francesa, vestida y velada de negro, estaban solas en el mundo. Parecía que la firmeza, la fuerza y el fervor de Éliane se hubieran transmitido a la niña. Se trataba de aguantar.

Pero cuando la mano de Camille se introdujo en la suya, Éliane creyó que aquel simple gesto, aquellos fríos y crispados deditos iban a quebrar su resistencia. Sin embargo, siguió luchando: no debemos permitir que los sentimientos nos puedan. No debemos dejar que se advierta.

En la orilla, extrañas formas blancas revoloteaban por los aires. Camille había levantado los ojos hacia aquellos ángeles que parecían hacerle señas. Las cometas ascendían por encima del río; en la bruma azulada, las montañas cerraban el horizonte.

Éliane y la chiquilla habían acompañado a los padres de Camille hasta su última morada. Éliane no tenía hijos. La pequeña princesa de Annam iba a convertirse en su hija. Legalmente. La adoptaría.

2

El gran Delage negro se deslizaba entre los heveas, por la pista de tierra rojiza. Tuvo que aminorar la marcha al paso de unos campesinos que, concluido el trabajo, regresaban a su casa. Dos mujeres llevaban a hombros unos balancines, algunos niños corrían tras ellas.

Satait, el chófer indio, no había manifestado más impaciencia que curiosidad los coolies por el coche y sus pasajeros. Dos mundos se cruzaban. El indio, impecablemente vestido, impecablemente erguido, aceleró cuando los últimos chiquillos pasaron al borde del camino. Allí, lejos, bajo un cielo cargado de blancas nubes, una hermosa casa colonial estaba encaramada en la cima de una colina. A su pie se agrupaban viviendas más pequeñas, las dependencias y la casa de los sirvientes. Todas estaban rodeadas por la selva que cubría las colinas y por el Mekong, amplio como un estuario, hasta el punto de que las tierras que lo flanqueaban parecían a la deriva.

Al adoptar a Camille, Éliane había heredado la tierra de sus padres, que se habían unido a las que ella y su padre poseían ya. La plantación de caucho era una de las mayores de Indochina: seis mil hectáreas de heveas.

Camille había crecido. A los dieciséis años parecía más una adolescente que una niña. Sentada en el asiento trasero del coche, soñadora, despreocupada, con la cabellera cuidadosamente recogida en una larga trenza, llevaba su uniforme de colegiala, azul marino, con calcetines blancos y zapatos de charol. Junto a ella, en el asiento, su cartera de estudiante.

Satait detuvo el coche ante la casa. Camille bajó, veloz como una chiquilla, y subió rápidamente a su habitación. Sobre su mesa aguardaba una carta. No la abrió enseguida, aunque hubiera reconocido la caligrafía. Se cambió, se puso un vestido sencillo y ligero, como a ella le gustaba, y luego bajó con la carta en la mano, para instalarse en la terraza que circundaba la casa.

Por la ventana del salón vio a Éliane, medio tendida en un canapé, hojeando una revista; mientras leía pelaba un mango. A Camille le gustaban esos instantes tranquilos. Se sentó en la balaustrada y con la uña rasgó el sobre. A Camille también le gustaban las cartas de Tanh.

Cuando hubo terminado la lectura se volvió hacia Éliane.

—Mamá, ¿qué es el «chic» parisino?

—No lo sé. Tal vez la mujer del gobernador...

Se rió.

—¿Por qué?

—Tanh me olvidará en París, con todas esas hermosas francesas que debe de conocer.

Éliane, sin levantar los ojos de la revista, mordió el mango. Camille dobló la carta, entró en el salón, se acercó al canapé.

—Sinceramente —preguntó—, ¿cómo me encuentras?

Éliane apartó la revista, contempló a Camille, que giraba sobre sí misma, como en un pase de moda.

—Perfecta.

—Siempre lo dices... ¿Pero tengo el talle lo bastante fino? ¿Y mis pechos? ¿No te parecen demasiado pequeños...? ¿Y mis ojos? ¿Son misteriosos?

Éliane se levantó y, fingiendo evaluar cada detalle de su belleza, rodeó a Camille.

—El talle... es muy hermoso... Los pechos... ah, los pechos pueden crecer todavía... Pero ya son encantadores... Y los ojos... ah, eso es, ya lo sé... Tienes ojos de ardilla, querida.

Sonrió a Camille, acarició su hombro desnudo y lo besó.

—Lo más hermoso que tienes, lo insuperable, es tu piel.

Miró a la adolescente y fingió descubrir un secreto:

—Aunque, como sabes, el color de la piel no es lo que diferencia a la gente, ¡es eso!

Mordió el mango.

—¡Es eso! El sabor, la fruta; alguien que ha comido manzanas durante toda su infancia no puede ser como yo. Yo soy una asiática, soy un mango.

Riéndose, salió a la terraza, miró a su alrededor, la plantación, la selva, el río y, a lo lejos, las montañas.

Dio un nuevo mordisco al mango e improvisó una canción:

—«*I'm a mango... I'm a mango...*»

Esbozó una especie de danza.

—Entonces —preguntó—, ¿cuándo llega Tanh?

—No antes del año próximo.

—¿Sigue fascinándole tanto París?

Camille apartó los ojos. Muy dulcemente, dijo:

—Me pregunta si le quiero.

Éliane le puso la mano en el hombro.

—¿Y?

La adolescente vaciló. En su hombro, la mano de Éliane era cálida, amistosa.

—¿Cómo se sabe si se quiere a alguien? —preguntó.

Se atrevió por fin a levantar los ojos y descubrió que su madre estaba también intimidada.

Durante unos segundos permanecieron calladas. Camille presintió un secreto en aquel silencio. Luego, Éliane sonrió y, tomando a su hija entre sus brazos y apretándola con fuerza, repuso:

—El día en que suceda, lo sabrás.

3

—Madame Devries —dijo uno de los terratenientes—, tiene usted que ir a ver al gobernador. Al precio al que está el caucho, si la administración vuelve a aumentar el salario de los coolies, tendremos que cerrar todo.

—A mí no me preocupan los salarios sino las deserciones —replicó Éliane—. Decenas de coolies abandonan nuestras plantaciones cada día.

Sonó un disparo de pistola.

En el amplio y apacible río, las dos embarcaciones emprendieron la marcha. Los ocho remeros de una de ellas eran indochinos, y su timonel un viejo europeo barbudo, Émile Devries, el padre de Éliane. Dirigía con una bocina la cadencia de los remos y vigilaba al adversario, que se deslizaba a su altura, un ocho con timonel cuyos tripulantes llevaban un ancla azul bordada en el pecho: el equipo de la Marina nacional.

—Vamos, pequeños, vamos. —Émile Devries hizo que aumentara el ritmo. Y, ciertamente, sus ocho hombres eran pequeños salvo el que remaba a proa, Kim, un joven atlético. Con las bordas muy juntas, ninguna de las dos embarcaciones lograba ventaja.

—Esos grandes terratenientes son los que están organizando el lío —afirmó Gilibert secándose la frente—, y después nos comprarán las tierras por una miseria.

A la altura de un islote donde habían sido construidas las instalaciones del Círculo Deportivo, el río se dividía en dos brazos, cada uno de ellos cruzado por un puente. En aquella terraza natural se apretujaban elegantes atavíos, trajes blancos, uniformes de los notables de Saigón. La carrera de ambas tripulaciones estaba lejos todavía y, salvo por algunos catalejos y gemelos que apuntaban hacia los competidores, la atención general se dirigía a las charlas, las salutaciones mundanas y el pequeño grupo de terratenientes, nerviosos, preocupados, que rodeaban a Éliane.

En una mesa vecina, un hombre de unos cincuenta años, Edmond de Beaufort, elegante, apuesto, se había mantenido al margen hasta entonces, por discreción.

—Se está forjando una idea equivocada,

amigo mío —dijo con calma—. La verdadera plaga es la propaganda nacionalista.

Había dirigido su frase al gordo Gilibert, quien sudaba abundantemente.

—Sin embargo, fue un tipo de los suyos, señor De Beaufort, el que soliviantó a mis mejores obreros. ¡No se atreva a negarlo!

Beaufort le miró unos momentos tranquilamente, luego aseguró:

—Nunca oí hablar de ello.

Gilibert, con el rostro deshecho, se derrumbó. Su vecino de la izquierda le sujetó *in extremis*.

—¿Te encuentras mal, Gilibert? ¡Se ha desmayado, ayudadme, coño!

Mientras llevaban al obeso enfermo y le instalaban bajo el toldo de un pequeño puesto de bebidas, Edmond de Beaufort ni siquiera se inmutó.

Ninguno de ambos ochos había conseguido distanciarse del otro. En el de la Marina, el remero de proa, teniente de navío Jean-Baptiste Le Guen, seguía con todas sus fuerzas la cadencia impuesta por el timonel, su amigo Charles-Henri. Chapoteaban los remos y el agua rumoreaba bajo las embarcaciones, que se deslizaban sin aparente esfuerzo mientras un grupo de campesinos que se dirigían a su trabajo las veían pasar, una mujer con su sombrero cónico y un balancín al hombro, un niño sentado a horcajadas en un búfalo.

Gilibert se había sentado en el suelo con la camisa desabrochada. Respiraba penosamente.

—El banco me ha negado el crédito de campaña... No puedo más...

Lloraba: grandes lágrimas resbalaban por sus gruesas mejillas de hombre duro. Los demás le observaban molestos. Impotentes.

—Me rindo... Veinte años perdidos... ¡Qué miseria! Voy a regresar a Mont-de-Marsan.

Con un pequeño catalejo en la mano, Éliane intentaba distinguir, a lo lejos, las dos tripulaciones que competían.

—¿Ve usted algo?

—No, todavía están en la gran curva.

La alta silueta de Edmond de Beaufort se acercó displicentemente a Gilibert.

—Tengo la impresión de que se encuentra mejor. ¡Lo celebro!

Miraba desde lo alto, con fingido interés, a aquel despechugado gordo, sudoroso y sentado en el suelo.

—¿Es usted el propietario de la pequeña plantación que está más allá de Lang-Sai? ¿Quinientas hectáreas?

—Seiscientas —aclaró Gilibert. Recuperaba

su aliento y su agudeza—: Cuatrocientas cincuenta de ellas plantadas ya y en pleno rendimiento.

—Mi sociedad se lo compra todo, en el estado en que está, por un millón. Contante y sonante.

Éliane, cuyos dedos jugaban con el catalejo, se volvió hacia Gilibert.

—¡Yo le ofrezco un millón doscientos!

Sonrió a Beaufort y se acercó al obeso.

—Un millón trescientos —anunció la alta silueta, algo envarada.

—A mitad de la carrera —gritaba el altavoz—, la tripulación de la Marina ha pasado en cabeza, con un cuarto de ventaja...

Los pequeños propietarios miraban a Éliane.

—No puedo ofrecer más que un millón doscientos. Pero recuerde, Gilibert, lo que mi padre hizo por usted cuando se instaló. Recuerde, sobre todo, lo que usted hizo por él durante la inundación 1922.

Ninguno de los pequeños colonos habría podido olvidar lo que Émile Devries había hecho. Era el decano de todos ellos y su modelo. Llegado a finales de los años ochenta, con los últimos sobresaltos de la conquista, había seguido al ejército. Y no por espíritu bélico sino por razones comerciales. Era mercader de vinos. Las tropas y los obreros han sido siempre la mejor clientela para ese tipo de comerciantes. Algo de fuerza y mucho olvido. Tras haber hecho fortuna, y reconocidos ya sus servicios a Francia, había obtenido la concesión de algunas tierras que, luego, había comprado a bajo precio. En aquel tiempo Indochina era todavía un El Dorado.

Devries y sus semejantes habían acaparado las mejores tierras y él fue el primero al que se le ocurrió plantar heveas. Se necesitaba valor, se trataba de una jugada arriesgada, pues los árboles tardaban siete años en producir caucho, siete años durante los que Devries había seguido vendiendo vino para sobrevivir, pagar a los obreros y financiar la explotación. Siete es una cifra fausta: hoy, Devries era un hombre de los más ricos de Indochina, y no por ello se mostraba orgulloso. Se había casado con Marianne, hija de una de las más antiguas familias de colonos. Casi tanto como la hija de un barón, y es que al vinatero Devries no le bastaba la riqueza, aspiraba también a la consideración. Pero la muchacha, de grácil y frágil constitución, había muerto de parto. De la noche a la mañana, Devries había abandonado cafés y tabernas. El luto, decían. En absoluto: educaba a su hija. Lo había hecho bastante bien. Y, sin embargo, era más difícil todavía que hacer crecer un bosque de heveas.

—¿Un millón doscientos?

Gilibert estaba allí, ridículo, sentado en el suelo entre las dos altas siluetas erguidas, dos grandes terratenientes; pero uno de ellos era una mujer e hija de Devries.

—Un millón quinientos, Gilibert —contraofertó Beaufort.

Gilibert inclinó la cabeza. Por una vez dominaba la situación. Levantó lentamente la nariz hacia Beaufort.

—Ni siquiera por dos millones; nunca tendrán mi plantación. El dinero no es lo único que cuenta, también está el honor.

Tendió la mano a Éliane.

—¡De acuerdo, madame Devries!

Los pequeños propietarios aplaudieron.

—¡Yvette, bésame!

Al otro extremo de la isla, muy apartado de las mesas, a la sombra de un árbol gigantesco cuyas ramas llegaban a ras de agua, Raymond Chevasson, administrador de los Devries, medio borracho, acariciaba el muslo de su mujer bajo el vestido arremangado:

—Basta ya... ¡Déjalo, que no estás para esos trotes!

Le rechazó. Amable pero firme. Las manos

de Raymond intentaron una nueva ofensiva, hacia el corpiño esta vez.

—A veces me vuelves loco... Cuando me agarra no sé lo que me hago, hace una semana que no te acuestas conmigo...

Yvette volvió a rechazarle, sin amabilidad ahora, y se arregló el escote.

Hacía tiempo ya que Yvette no se dejaba enternecer por Raymond. Antaño, cuando la cortejaba, le había prometido: «Cásate conmigo, Yvette. Ya verás, podrás contar con los boys, no tendrás que hacer nada, serás una reina, te bastará con chascar los dedos y todo el mundo te obedecerá, las criadas, la cocinera y el chófer, ¡el chófer, Yvette! ¡Y en un coche así de largo!» Yvette tenía dieciocho años, bailaba en las revistas de la Rose Rouge de Besançon, un cabaret. Varios hijos de buena familia (y algunos padres) mosconeaban a su alrededor, pero ella tenía la cabeza sobre los hombros y se dijo: «Con ellos no tengo realmente porvenir, siempre seré la chica que levantaba las piernas en la Rose Rouge de Besançon mientras que con Raymond me largo al fin del mundo y nadie me conocerá: boys, coche, chófer, me saludarán, seré una dama.» Porque Yvette tenía ambiciones de respetabilidad.

¿Qué había conseguido tras diez años de Indochina? Dos mocosos, dos verdaderos y pequeños Chevasson, tan auténticos como era posible, palurdos, amables y timoratos. ¿Boys, chófer, coche? ¡Y un huevo! Raymond era administrador, es decir, un jefezuelo subalterno... Por fortuna estaba la patrona, madame Devries, Éliane (Yvette la llamaba «Éliane») cuando, en la cálida humedad de la siesta y mientras Raymond la manoseaba, se entregaba a ensueños de gloria doméstica y mundana: recibía a la «querida Éliane» para tomar el té o, mucho mejor —¡apoteosis!—, en una recepción que reunía al Todo-Saigón, desde el almirante al director de la Policía, sí, a Asselin, aquel animal de atrevidas manos. La «querida Éliane», admirada, im-pre-sio-na-da, no ahorraba elogios, pedía consejos («¿Pero cómo lo logra usted, querida Yvette?»); y la «querida Yvette», con un gesto de la mano, barría desenvuelta aquellas naderías, como diciendo: «La distinción es algo natural en mí...»

—¿Y cómo llamas a lo que me obligas a hacer durante la siesta?

—Eso no es acostarse, realmente...

—¡No quiero quedar preñada en un clima de monzón! ¡Cómo se ve que no cargas tú con ellos!

Raymond, vencido, se metió las manos en los bolsillos.

Las dos tripulaciones aceleraron.

Jean-Baptiste Le Guen ya no escuchaba las órdenes del timonel, las confundía con las de Émile Devries en el ocho adversario, o con su propio aliento, los latidos de su propio corazón. Ya sólo era una máquina de músculos y madera, su cuerpo y el remo.

—¿Los entrena mucho su padre? —preguntó el almirante Josselin.

En uniforme de gala, con la voz almibarada, se mantenía a la derecha de Éliane, en mitad del puente donde se habían agrupado los espectadores para asistir a la llegada.

Las dos embarcaciones permanecían al mismo nivel: la victoria no pertenecía todavía a nadie.

—Desde hace un mes —contestó Éliane—, cada mañana. Después en la plantación no pueden hacer nada, pero le complace tanto...

El almirante pareció degustar la última frase en los labios de Éliane, luego tomó los gemelos y contempló a Émile Devries gritando en su bocina y en la otra embarcación, la espalda delgada, arqueada, vigorosa de Jean-Baptiste.

—Se necesitan auténticas bestias de tiro para mover los ochos —dijo.

Y, efectivamente, dirigió a Éliane una mirada de buey, de buey enamorado. Ella disimuló sus deseos de reír dirigiendo los gemelos hacia el agua verdosa.

Pasando en un instante de la conversación cortés al entusiasmo del hincha, el almirante gritó:

—¡Vamos! ¡Tienen que distanciarse ahora!

Desde el puente, comenzaba a oírse la cadencia marcada por los timoneles, a distinguirse en los gemelos los rostros deformados de los remeros, las manchas de sudor en sus camisas.

—¿Cómo pueden hacerlo con este calor? —dijo el almirante—. Los suyos, todavía se comprende; pero los míos...

Ante la divertida sonrisa de Éliane, se permitió añadir, aunque sin elevar el tono:

—Espero, de todos modos, que mis marinos les darán una paliza.

—Vamos, almirante, es mi equipo.

—Es lo que pienso, mi querida Éliane. A esa gente no hay que darle ilusiones de victoria.

—Le apuesto dos mil piastras.

—¡Acepto! Pero va usted a perder.

Éliane se disponía a replicar pero se interpusieron las gafas oscuras, muy hollywoodienses, y el escote, provocador, de Yvette Chevasson.

—¡Ah! Madame Devries, las cosas están feas para el señor Émile. Tanto entrenamiento para, al final, perder... Realmente, no valía la pena.

Como dice Raymond, los annamitas no están dotados. ¿Verdad, Raymond?

Se volvió hacia su marido, que no se separaba de ella ni un centímetro, pero éste no se inmutó.

—Mantenga su sangre fría —dijo Éliane—. Todavía no han perdido, hoy es mi día de suerte.

La voz de Émile Devries dominaba la del timonel adversario. Ahora se percibía ya, con el ruido de los remos que golpeaban el agua verdosa, el agotamiento de las tripulaciones. La muchedumbre, excitada, se apretujó contra la balaustrada del puente; aquí y allá, algunas voces gritaban para alentar al equipo de la Marina.

Jean-Baptiste azotaba.

Émile Devries ordenaba la cadencia.

De pronto Éliane tomó su catalejo, lo apuntó hacia los remeros mientras a su alrededor los espectadores se empujaban para ver mejor el hilo tendido en la línea de llegada, que la proa de una de las embarcaciones debía cortar.

—Almirante —dijo ella—, me debe dos mil piastras.

—¿Quién ha ganado? —ladró Yvette—. No he visto nada.

Las embarcaciones se deslizaban por inercia, con los remos inmóviles. El hermoso conjunto de las tripulaciones se había dislocado de pronto, los cuerpos volvían a tomar posesión de ellos mismos, abandonándose a su propio agotamiento, con la frente apoyada en las rodillas, los brazos colgantes o los hombros echados hacia atrás.

—Señoras y señores —anunció el altavoz—, la prueba ha sido ganada por la tripulación de la señora Éliane Devries. Compuesta por...

Mientras desgranaba unos nombres indochinos entre los gritos de alegría del grupito que rodeaba a Éliane, el almirante disimuló su despecho inclinándose, *fair-play*.

La embarcación de los vencedores se acercó suavemente, su timonel saltó con agilidad al embarcadero, cuando el altavoz decía:

—Timonel Émile Devries.

Le aplaudieron desmayadamente.

Más conmovido de lo que le hubiera gustado demostrar, Devries, con los ojos brillantes y el rostro sudoroso, recorrió el pontón y se detuvo, solemne, ante Éliane. Aplausos forzados y comentarios cesaron.

Calmosamente, Devries se quitó el viejo y blando bob como si fuera un sombrero de copa, tomó la mano de su hija y, con delicadeza, la rozó con los labios.

4

El hombre que avanza entre las columnas blancas y las verdes plantas del hotel Continental sorprende e inquieta. Tiene cincuenta años, una incipiente barriga deforma el paño blanco y ligero de su traje. Podría ser un colono desgastado por años y años de clima tropical. Sin embargo, bajo la barriga, la osamenta es poderosa; bajo los pesados párpados, la apagada mirada asusta. Sorprendente mezcla de violencia, ironía y frialdad. Es un combatiente en marcha, y sabe —aunque le importa un bledo— que va a perder.

Su paso no se modificó al entrar en la terraza del bar, entre las conversaciones, las risas, el ruido de vasos. Sin una mirada, sin un saludo, pasó ante la mesa que presidía el almirante y a la que se sentaban oficiales y notables. No escuchó —o fingió no escuchar— a un oficial que observaba sin bajar la voz:

—El señor director de la Policía ha regresado de su viaje.

—¿De qué humor está? —preguntó el almirante.

—¡Quién sabe!

Entonces, el almirante volvió discretamente la cabeza hacia Guy Asselin, director de la Policía, que se sentaba a la mesa de Éliane.

Éliane y Asselin se miraron en silencio. Nadie puede decir si sienten ternura o se desafían con la mirada. Luego, Asselin tomó la mano de Éliane y, sin apartar la mirada, posó en ella los labios.

—Es bueno, muy bueno volver a verte. Siempre lo es.

Éliane fue la primera que apartó los ojos. Inspeccionó rápidamente la terraza, todas aquellas miradas vueltas hacia ellos.

—¿No te parece que, para ser un secreto, hay mucha gente?

Asselin chistó con el dedo en los labios. Un camarero con la blanca servilleta en el antebrazo, correcto, silencioso, depositó a su lado un cubo de hielo y su botella de champaña.

—Lujo... misterio... ¡qué risa! —dijo Éliane.

Mientras Asselin servía el champaña, añadió:

—¡Sabes que con eso basta para seducir a una mujer!

Pero el hombre ya no sonreía.

—Pareces cansado —dijo Éliane.

—Acabo de llegar de Cantón.

Manoseaba la luminosa copa, de un dorado pálido, gaseoso.

—La ofensiva está lista. Los comunistas y los nacionalistas están totalmente de acuerdo. Tienen incluso la bendición de Moscú.

De pronto, levantó su copa:

—¡Por nosotros, pues!

Indecisa, Éliane le contemplaba. Las bromas de Asselin la habían desconcertado siempre.

—Ahora ya no tienes elección —dijo—. Tendré que protegerte.

Probó el champaña y eso le permitió bajar los ojos al concluir:

—Y para proteger nada hay mejor que una boda.

—¿Y si dejaras de mezclarlo todo?

—Sólo tenemos una vida, Éliane, no lo olvides.

Se había inclinado hacia ella, por encima de la mesa, le había tomado ambas manos, pese a las miradas de las mesas vecinas, pese a que, sobre todo, a ella la molestara aquella sinceridad brutal, intensa.

—Guy, nos están mirando.

—Me importa un bledo.

Había replicado en voz alta y fuerte, sin vacilar. Seguía sujetando las manos de Éliane, las apretó.

—No —dijo ella.

—¿No qué?

—Lo de la boda, no.

Él le soltó las manos.

—Muy bien, muy bien...

Hablaba casi en voz baja.

—¡Viva la amistad! —dijo levantando de nuevo su copa.

Por sus ojos pasó algo violento, inquietante, que Éliane afrontó sin parpadear. Levantó a su vez la copa, como si la ligera transparencia del champaña pudiera protegerla. Protegerla mejor que una boda.

5

Habríase dicho que Yvette Chevasson caminaba con las caderas. Cuando apretaba el paso, como ahora, pues se estaba retrasando, se parecía a esos juguetes de peluche que avanzan gracias a un mecanismo de resorte, con la nuca y la espalda rígidas mientras la popa se agita. Pero Yvette era más bien un juguete para hombres, de carne y hueso.

Se reunió con Éliane junto a la puerta de la sala de ventas.

—¿Ha tenido que esperarme...? Perdón, madame.

Éliane la tomó del brazo y la condujo por entre los bancos de madera en los que estaban sentadas unas treinta personas. En el estrado, el subastador, en el tono de un vendedor ambulante educado en la buena sociedad, anunciaba:

—Una estatuilla de Juana de Arco, en estuco.

De origen incierto, atribuida a un alumno de Bouscasse. Precio de salida: seiscientas piastras.

El objeto, presentado por un ayudante indochino, no tenía estilo ni belleza alguna.

—He estado a punto de comprar un dormitorio normando —dijo Yvette—. Pero sólo me gusta realmente la cama. Lo demás es feo.

—¡Compre la cama!

Recorrían las hileras de los compradores, que no sentían por Juana de Arco pasión especial alguna.

—¡Ah, no!, son muebles que siempre han vivido juntos.

Descubrieron dos plazas, se dirigieron a ellas mientras Yvette declaraba:

—No deben separarse, eso dará suerte a quien los compre.

Éliane le lanzó una ojeada: la barbilla, la boca, los ojos, la frente, los ojos de nuevo.

—Es usted... poética, eso es, Yvette, es usted alguien poético.

Yvette se ruborizó asombrada.

En el tramo contrario, un ayudante con un blusón gris mostraba un cuadro.

—Pequeña marina de Bretaña —recitó el subastador—. Con colinas, niebla, al fondo un pueblo y dos atuneros. Señor Gabriel, muéstrelo por favor.

Éliane hizo una seña al blusón gris, que se aproximó; le bastó con un rápido examen. Experta compradora, ocultó su interés, pero tuvo que contener un gesto y no advirtió que el brillo de sus ojos la había traicionado y revelado su complacencia.

Yvette, cómplice, se inclinó:

—¿Es lo que estaba buscando?

Éliane no se tomó el trabajo de responder.

—¿Todo el mundo lo ha visto? —preguntó el subastador—. Gracias, señor Gabriel.

Y con una voz sin matiz alguno, añadió:

—Gran suavidad de ejecución. Precio de salida trescientas piastras.

—Trescientas —confirmó Éliane.

—Cuatrocientas —dijo un chino.

—Cuatrocientas veinte —replicó una voz, desde el fondo de la sala.

—Cuatrocientas cincuenta —dijo Éliane.

El subastador levantó las cejas dirigiéndose al chino, éste renunció con un movimiento de cabeza.

—Cuatrocientas sesenta —lanzó la voz desconocida.

Éliane contuvo su deseo de volverse ante el misterioso competidor. Pujó:

—Quinientas.

Tuvo la breve y agradable sensación de que había dado el golpe de gracia.

—Señora —dijo la voz desconocida—, se lo ruego, cédame el cuadro.

Jean-Baptiste Le Guen, teniente de navío, se había levantado. Ante los estupefactos ojos de su amigo Charles-Henri y de la sala entera, se dirigió a Éliane como si sólo ellos existieran en el mundo.

—Me han dicho que es usted rica. Yo no. Yo no puedo pujar, pero este paisaje representa mucho para mí.

Aquello estaba trastornando el orden de las adjudicaciones.

El subastador, olvidando su voz profesional, se interpuso:

—¡Siéntese usted, caballero! Por esta vez aceptaré su puja. ¿Cuánto?

Jean-Baptiste no se sentó. Calló. Clavaba sus ojos en la cabellera rubia y el perdido perfil de Éliane, que había vuelto el rostro.

—Quinientas, a la una... Quinientas, a las dos...

—¡Aguarde!

Jean-Baptiste golpeó las rodillas de su vecino, quería abandonar su sitio, Charles-Henri le sujetó firmemente por la manga.

—Eres muy grotesco. Puedo prestarte dinero. ¿Cuánto quieres?

—Déjame.

Soltó su brazo; estaba rodeando ya los bancos; tomó de paso, con delicadeza, la pequeña pintura de las manos del señor Gabriel; una oleada de pasmo hizo estremecer al público; Jean-Baptiste, muy erguido, se plantó frente a la sentada Éliane y le puso ante los ojos las colinas, la niebla, el pueblo al fondo y los dos atuneros de la pequeña marina de Bretaña (de una gran suavidad de ejecución).

—Dígame —hablaba ahora en voz más baja, sólo para ella—, dígame por qué le gusta, por qué le parece hermoso y se lo cedo.

—¡Terminemos de una vez! —gritó el subastador—. ¿Quinientas, madame Devries?

Jean-Baptiste acercó la pintura al rostro de Éliane.

—He dibujado el paisaje, este paisaje, decenas de veces, en mi infancia, desde el fondo del jardín, pero nunca quedaba satisfecho. Carecía de armonía, de emoción. —Paseó el dedo por la tela—: Faltaba este valle, esta colina sombreada. No existen. El artista se los inventó. Yo nunca hubiera tenido esa audacia.

Parecía que la mano, al rozar el cuadro, se disponía a tocar el rostro de Éliane.

—A los diez años uno no sabe que es preciso cambiar el mundo.

Éliane estaba tan desconcertada que no sabía

dónde poner los ojos: aquella mano, la pintura, el rostro. Sobre todo, no hacerlo en el rostro del joven oficial, que se inclinó y dijo en un soplo:

—Necesito este cuadro, en Saigón me asfixio. Aquí no hay riberas.

Aquella confidencia estuvo de más. Éliane, aunque seguía evitando levantar los ojos hacia el joven, se recuperó.

—Caballero, carezco de su impudor, no sé mostrar mis emociones ante desconocidos.

Lamentó enseguida aquellas banales palabras de burguesa. Con mayor suavidad añadió:

—Y cuanto más me afecta una cosa, menos puedo hablar de ella.

Esta vez, levantó los ojos. Se miraron. El cuadro seguía entre ambos.

—Muy bien —dijo Jean-Baptiste—. Le cedo el beneficio de la duda.

Y, caballerosamente, se volvió hacia el subastador:

—¡Adjudicado!

Puso de nuevo, con precaución, el cuadro en manos del señor Gabriel, e iba a alejarse cuando Yvette, que hervía con mal contenida impaciencia, creyó necesario añadir:

—¡Madame Devries los colecciona!

Éliane la atravesó con su mirada:

—No se meta donde no la llaman.

Entonces, Jean-Baptiste le sonrió, sin desprecio ni deseos de venganza.

Era una sonrisa triste, simplemente. La sonrisa de quienes saben que nada los hiere y que nada los curará.

6

Ruido sordo, obsesivo.

Los motores de la cañonera francesa giraban en vacío. El agua del delta se deslizaba como la tela por sus flancos; a cincuenta metros, la orilla es un juego de difusas sombras; la noche va a caer, las estrellas aparecen ya en el cielo. Los marineros, junto a la borda de estribor de la cañonera, sujetan unos garfios que retienen un sampán.

—Mí no traficar. Mí no traficar opio.

Las sucias ropas, los rostros polvorientos, el desorden de la barca hablaban de pobreza o miseria. El muchacho apenas tenía doce años; tenso como un cabo, plantaba cara junto a su padre, que intentaba explicarse:

—Oficial francés conocer a mí. Señora de mí enferma, fiebre mala, yo ir sólo a buscar medicina.

Charles-Henri, de pie en el sampán, examinó la tarjeta de circulación, el permiso de navegación, unos papeles hechos jirones, a la luz de una pequeña lámpara de acetileno aguantada por el sampanero, que repetía:

—Yo ir sólo a buscar medicina.

Arriba, a bordo de la cañonera, con las manos a la espalda y las piernas ligeramente separadas, Jean-Baptiste, con voz neutra —voluntariamente neutra, militarmente neutra—, preguntó al contramaestre que estaba a su espalda:

—¿Qué hora es?

—Las veinte cero nueve, mi teniente.

—Ninguna embarcación puede estar en el delta después de las veinte. Caballeros, ya saben lo que deben hacer.

—¿Pero qué te pasa? —gritó Charles-Henri—. ¡Este hombre está en regla!

Un marinero saltó al sampán. Otro le entregó un bidón de gasolina, y luego saltó también a la embarcación, empujando, de paso, a los dos indochinos. Entró en la destartalada cabina; el padre y el hijo, aterrorizados, le siguieron; se escuchó una serie de hachazos; salieron y, mientras el primer marinero rociaba la barca con gasolina, el muchacho se plantó ante las narices de Jean-Baptiste, muy erguido y blanco, arriba, a bordo de la cañonera.

—Madre enferma, curar con medicina.

Allí estaban, sin un solo gesto, el niño y el oficial. El indochino y el francés. Estaban frente a frente y el niño era sincero.

—Ella esperar a nosotros, ella esperar muy mucho.

Ante aquellos ojos suplicantes, Jean-Baptiste sintió deseos de ceder, de detener el abordaje; el marinero que se disponía a incendiar la barca detuvo su gesto. Aguardaba una orden que liberara su brazo.

Con una mirada, Jean-Baptiste le indicó que incendiara el sampán.

Charles-Henri y los dos marineros regresaron apresuradamente a la cañonera. Soltaron los garfios. El sampán, en llamas, fue arrastrado por la corriente. En el incendio, el niño aullaba.

—¡Estás loco! —exclamó Charles-Henri—. ¡Van a ahogarse!

El niño y su padre habían saltado al agua. El niño seguía gritando. Jean-Baptiste, muy pálido, se volvió hacia Charles-Henri, con las mandíbulas prietas, como un animal.

—Hace un año que estás aquí, Charles-Henri, y en un año te han ablandado, endulzado, vaciado. Tienes ya los ojos vacíos, ojos de aquí, ojos de alguien acostado en una estera, al fondo de un mugriento fumadero. Algún tiempo más y este país te habrá devorado por completo.

Charles-Henri corrió a la popa de la cañonera. Los dos indochinos luchaban contra la corriente, apenas pudo divisarlos en las oscuras aguas; luego los gritos cesaron. Sólo se veía ya una cabeza deslizándose por la superficie. Una cabeza y luego, de pronto, nada.

La noche y el reflejo de las llamas en el agua.

—¡Están muriéndose! ¿Te sientes orgulloso? ¿Te sientes orgulloso de tu victoria?

Jean-Baptiste, con las manos prietas a su espalda, intentaba mantener la sangre fría.

—He cumplido el reglamento. Sólo eso. —Hablaba con voz átona, dominada, pero poco a poco su tono fue elevándose, tembló—. ¡Para ti la indulgencia, la generosidad, la clemencia! Eres como mi padre, siempre decía lo mismo: «Abandonaos, seguid vuestras inclinaciones.» Y desaparecía arrastrado por sus pasiones, sus locuras... Sembró la desgracia a su alrededor. Nunca seré un hombre así. ¡Quiero preservarme!

Todo su cuerpo temblaba, de rabia o de miedo.

—¡Nadie va a robarme el interior de mi cabeza, ni siquiera en Asia eterna, nadie!

Abandonó el enfrentamiento, se volvió, se dirigió a la proa del barco; allí, de pie, solo, contempló las negras aguas desgarradas por la corriente. Sin verlas.

7

La noche, recorrida por un rastro de móviles puntos luminosos, se disipaba ya. Aparecieron unos árboles en impecables hileras.

Era un bosque ordenado, una plantación de heveas, el árbol del caucho. En el aire gris azulado de la madrugada, los puntos luminosos iban transformándose hasta convertirse en llamas que algunos hombres llevaban en sus sombreros. Sombreros-linterna: un cono coronado por un tubo que tiene, en su extremidad, un mechero de acetileno encendido. Se reunieron con otros indochinos y, como ellos, se detuvieron cada uno ante un árbol y lo sangraron a la luz de los sombreros.

Cuando resonó el grito, nada alteró el trabajo de aquel grupo de sombras.

El coolie estaba arrodillado, con las manos atadas a la espalda. Los golpes habían desgarrado su camisa. Éliane sujetaba la fusta. Junto a ella, algo más atrás, dos vigilantes indochinos (los llamaban «cais»), y Raymond Chevasson, el administrador, al que tendió la fusta.

—Has querido huir. Eres un desertor. (Hablaba con suavidad, sin cólera.) Me has obligado a pegarte. Y, sin embargo, eres mi hijo. ¿Crees que a una madre le gusta pegar a sus hijos?

El coolie dobló un poco más su nuca, sus hombros enrojecidos por los golpes; se inclinó varias veces.

—Eres mi padre y mi madre.

Éliane inclinó la cabeza con satisfacción. El castigo es un ritual. El hombre lo ha respetado. Todo se ha dicho ya.

De pronto, todos menos el coolie volvieron la cabeza hacia el camino de piedra. El ruido de un motor acababa de turbar el silencio del ritual, del trabajo y del alba. Un coche se aproximaba traqueteando.

Éliane salió a su encuentro. Cuando el vehículo, cubierto de polvo, se detuvo por fin y se abrió la portezuela, dando paso a Jean-Baptiste, uno y otro quedaron igualmente sorprendidos al verse frente a frente.

—¿Qué está haciendo aquí?

Jean-Baptiste echó una ojeada al mapa que tenía en las manos. Confesó:

—Me he perdido. Me dirigía a... Han-Bing. He debido de equivocarme en el cruce.

No tenía la seguridad que había mostrado en la sala de subastas.

—¿Qué busca usted?

Dudaba en responder. Aquella mujer le observaba con tal tranquilidad, parecía tan en su lugar en aquel amanecer, entre los árboles alineados como un ejército y aquellos hombres coronados por una llama.

—Quisiera encontrar a los ocupantes de un sampán que fue hundido por una cañonera de la Marina el miércoles pasado. Según mis informaciones, ocurrió no lejos de aquí.

Concluyó su frase en un tono interrogativo pues Éliane había comenzado a sonreír mientras hablaba. Luego soltó una franca carcajada y Jean-Baptiste creyó que estaba burlándose de él.

—Ah, usted es el que merodea de pueblo en pueblo desde hace tres días.

El hombre clavó sus ojos en el mapa, como si la precisión de los puntos y los trazos le sirvieran de refugio.

—Pierde el tiempo, la gente de aquí no le dirá nada.

—¿Sabe usted algo?

—Venga.

Se lo llevó a través del bosque de heveas. En

una pequeña avenida, se cruzaron con un cai que vigilaba a los coolies; Éliane le dirigió unas breves, sonoras palabras en annamita. Tendiendo el brazo, el cai designó, a lo lejos, a un niño que llevaba un bidón de látex.

Instintivamente, el niño se volvió hacia ellos y Jean-Baptiste lo reconoció enseguida, o reconoció aquella tensión del cuerpo y de la nuca, de un niño que se le había enfrentado, de igual a igual, a bordo de un sampán condenado ya, un sampán que él había condenado.

Jean-Baptiste fue a su encuentro. El niño soltó el bidón; huía. Jean-Baptiste echó a correr tras él.

El niño era rápido, veloz, y Jean-Baptiste no le habría alcanzado nunca si Éliane no hubiera gritado algo en indochino. El niño se detuvo en seco. Jean-Baptiste pudo acercarse, posar su mano en el hombro, asegurarse de que, en efecto, estaba vivo.

Éliane, que se había unido a ellos, tuvo que apartar los dedos de Jean-Baptiste y liberar al niño, luego le acarició suavemente el hombro, le tranquilizó.

—Se llama Lien, déjele marchar, le da usted miedo.

Jean-Baptiste advirtió que no era dueño de lo que ocurría. Permitió que Éliane hiciera una seña al niño, que recogió su bidón y se marchó.

—Su padre se encuentra tan bien como él —le dijo—. Le vi ayer por la noche, hablamos largo rato.

Advirtió el alivio de Jean-Baptiste, el modo como su rostro se había relajado: el oficial había dado paso al hombre.

—Yo ordené el abordaje del sampán —le dijo—. Imaginaba que el niño se había ahogado, estaba obsesionado, no podía quitarme esas imágenes de la cabeza.

—¿Por qué lo hizo, entonces?

Se puso tenso. El oficial ocupó el lugar del hombre.

—Porque debía hacerlo.

Estaban de nuevo frente a frente, como cuando se disputaban la pequeña marina de Bretaña.

Esta vez ella cedió, ella se descubrió:

—¡Pues bien, tenía usted razón! Llevaban opio a bordo, son traficantes. Opio de gran calidad... Bao, el hombre al que usted hundió, es un famoso proveedor. Su padre ya lo era e imagino que más tarde lo será su hijo.

Jean-Baptiste, sorprendido, no pudo aprovechar la ventaja... si es que lo era.

Buscaba una respuesta, pero Éliane no le dio tiempo:

—Naturalmente, si repite lo que acabo de decirle, lo negaré todo.

Tuvo la fugaz sensación de no dar la talla. Como si aquella mujer obtuviera su fuerza de aquella tierra. Como si él flotara desarraigado. Casi la habría admirado.

8

Algunos coolies salían del bosque con bidones de látex que llevaban al terraplén ante la factoría. Éliane acompañaba a Jean-Baptiste.

—¿No le molesta que la miren así?

Al principio había creído que le observaban a él, al oficial, al extraño. Miraban pasar a la mujer rubia y alta, hermosa y austera.

—¿Por qué iba a molestarme? Son mis coolies.

—También son hombres.

Se lo reprochó enseguida: ¿por qué había hablado de aquel modo? Como si estuviera celoso.

—Soy su patrona, eso es todo.

Afortunadamente, parecía no haber advertido nada. Caminaba algo adelantada; él no apartaba los ojos de ella e ignoró qué demonio le obligaba a replicar:

—Mandar hombres es asunto de hombres.

A lo que ella respondió, y se lo tenía merecido:

—Es lo que dicen generalmente los hombres.

La sangre es cálida. ¿Cuántos años hacía que no le había ocurrido algo así? Se puso una mano en la nariz, echó la cabeza atrás. Sintió vergüenza, y sin embargo era agradable.

—¿Qué le pasa?

Se había vuelto, tenía sangre en el rostro, sangraba abundantemente por la nariz.

—Regreso a la infancia.

Sin vacilar, Éliane le tomó del brazo y le llevó al interior de la factoría, desierta a aquellas horas.

El suelo recién lavado, húmedo todavía. Grandes cubas de madera para el látex, depósitos de agua rodeados de baldosas blancas, y la cadena de laminadoras, dirigida por una máquina de correa recientemente electrificada. La factoría estaba impecable; la luz entraba por unas claraboyas.

Éliane dispuso rápidamente un banco. Jean-Baptiste se tendió.

—Cuando era niño me ocurría siempre.

Con los ojos clavados en el techo, intentaba recuperar el aliento.

—Tome mi pañuelo.

Se lo puso por la fuerza entre la mano y el rostro.

—Debía permanecer tendido así mucho rato. La cabeza me daba vueltas y empezaba a soñar.

—¿En qué?

—En el almirante que derrotó a la flota turca en la batalla de Lepanto. Tenía treinta y tres años. Era el héroe de toda Europa. Se llamaba don Juan de Austria.

La claraboya trazaba dos franjas de luz en el rostro de Éliane: en la boca y en los ojos.

—¿Y en qué soñaba usted cuando era niña?

—¡Quería ser un muchacho!

Se rió. Tendido en el banco, con el pañuelo en la nariz, parecía un niño enfermo al que apaciguar con una broma.

—¿Y en qué sueña ahora?

—No necesito soñar. Tengo aquí, a mi alrededor, todo lo que quiero... Aguarde.

Tomó el pañuelo empapado en sangre, lo metió en un depósito de agua.

—No se mueva.

Limpió la sangre de los labios y de la barbilla de Jean-Baptiste. El hombre cerró los ojos. Los gestos de Éliane eran suaves, delicados.

Suave, delicadamente, retuvo la muñeca de

Éliane cuando ella quiso retirar su mano. Abrió los ojos.

Estaba inclinada sobre él, muy cerca. Puso la mano en su nuca y atrajo aquel rostro.

Todos sus gestos habían sido lentos y tranquilos. Lenta, tranquilamente, Éliane se resistió, tomó la mano de Jean-Baptiste y la puso de nuevo en el banco.

—Creo que ya se ha terminado —dijo.

Se alejó y, cuando iba a abandonar las sombras del edificio, se volvió dando la espalda a la luz.

—No se pierda usted de nuevo —dijo.

Había hablado con frialdad. Entre ellos no había ocurrido nada.

9

En la estancia había muy pocos muebles.
Una estera. Una lámpara de petróleo en una
mesa. Y en una pequeña hornacina, un Buda
ante el que, entre otras ofrendas, ardían baston-
cillos de incienso.

En la ventana, Émile Devries fumaba un cigarro y acariciaba, detallada, lenta, aplicadamente a la joven que, medio desnuda, estaba de
pie ante él. La muchacha, Hoa, era su nueva congay. Era de noche.

El hombre examinaba aquellos hombros,
aquellos pechos, aquel vientre, la curva de las caderas como si fueran las líneas, los detalles de un
objeto precioso. Iba descubriéndolos. No sentía
impaciencia alguna.

Cuando, fuera, los primeros acordes de un
tango atravesaron la oscuridad, suspendió su
gesto, sonrió y levanto la cabeza hacia la casa de

la que sólo veía unos rectángulos de luz: las ventanas del salón.

Risas infantiles.

En una de las figuras del tango, los pies de la pareja de bailarines habían tropezado con el borde de la alfombra.

No podía saberse quién de las risueñas Éliane y Camille sostenía o desequilibraba a la otra.

Ambas mujeres recuperaron su lugar y su seriedad. Abrazadas —Éliane dirigía— escuchaban la música que escupía la radio, seguían el ritmo con un imperceptible movimiento de cabeza, aguardaban el compás que las lanzaría de nuevo a la danza. Éliane se mordía los labios para no seguir riendo.

—¡Mamá! —exclamó Camille en un tono de falsa riña—. Así nunca podremos ensayarlo bien...

Éliane inspiró profundamente, se puso rígida en la forzada actitud de los bailarines profesionales, y justo después de la síncopa, en el tempo fuerte, arrastró a su hija al tango. Dieron tres pasos, elegantes, conjuntados, y de pronto la música se calló dejándolas con un pie en el aire.

Se miraron y soltaron la carcajada.

10

Mientras pudo hacerlo, Éliane había preservado a su hija de la realidad. O, más exactamente, había preservado para su hija una realidad sin historia, una realidad de princesa. Camille sería como ella —estaría mejor protegida que ella—, dirigiría la plantación, la factoría, amada y respetada por los coolies, ocupando el lugar que sus orígenes y su adopción le prometían. Una existencia tranquila, una vida dominada, la boda con Tanh, hijos.

Más tarde, mucho más tarde, cuando Éliane cuente esta historia, se preguntará cuándo cambiaron los hechos. Sería tan sencillo creer que una confluencia de circunstancias —un prisionero que emprende la huida, algunos disparos, un muchacho que estaba allí por casualidad— bastaron para desbaratar más de diez años de pacientes precauciones. Pero sabrá que nada de aquello habría ocurrido (o lo habría hecho con menos fuerza) si su propia tranquilidad, su propio dominio hubieran sido sinceros. Los niños confían más en lo que descubren que en las lecciones que se les dan.

Había ocurrido aquel ínfimo incidente en la cocina de la casa del servicio. Shen, la jefa de las criadas, vigilaba la preparación de la cena. Azuzaba a dos cocineras annamitas que se atareaban entre cacerolas con la mayor indolencia. Éliane, al entrar, le había dicho:

—Parece que haces mala cara.

Estar al corriente de todo, ordenar continuamente, formaba parte de su trabajo de «patrona»:

—Mañana despedir nueva chica de señor Émile.

—¿Despedir a Hoa, por qué?

—Demasiado golosa, demasiado cara, chica mala, tener boca muy grande. Siempre pedir más. Hoy más arroz, mañana cerdo, pasado mañana búfalo... mí conocer muy muchas chicas dispuestas a reemplazar ella. Muy mucho amables, bocas más pequeñas.

Éliane conocía de antemano las recriminaciones de Shen. No había venido a escucharlas sino a hacerla callar. Tranquilamente.

—¡Ah, no! Haz lo que quieras, pero ésta va a

quedarse. Émile nunca se ha sentido tan bien, casi está alegre, uno de estos días podría incluso sonreír... Va a quedarse.

—Congay no buena —masculló Shen—; amor demasiado caro.

¿Por qué eligió Éliane, precisamente, aquella réplica? ¿Por qué protegía a su padre como a Camille y, forzosamente, ni los medios ni las palabras podían ser los mismos? ¿O por qué aquella frase le ofrecía una inofensiva ocasión para hablar de sí misma? Tomando un frasco de vino y sirviéndose un vaso, dijo:

—¿Y si él es feliz? —Y tras haber tomado el vino, añadió—: Tal vez sea la última vez que esté enamorado.

Apartando los ojos del vaso, vio a Camille en el umbral de la cocina. La niña, la muchacha, lo había oído todo.

Más tarde, mucho más tarde, Éliane dirá a Étienne: «Yo estaba enamorada y no lo sabía. Sólo aquella noche, al ver la mirada de Camille, lo comprendí: ella lo había sabido antes que yo.»

11

Cada día, a las seis, Guy Asselin abandonaba los locales de la Policía para instalarse en su «verdadera» oficina, en el centro de la tela que había tejido a través de toda Indochina: su mesa reservada en la terraza del bar del hotel Continental. Se sentaba allí donde, de antemano, le habían servido su botella de champaña. Como si nada, lo dominaba todo. Desde el pequeño chivato entre cientos, al otro extremo del país, hasta cada uno de los habituales de la terraza del bar, oficiales, administradores, colonos. Éstos acechaban su entrada, evaluaban su humor, hacían apuestas: ¿a quién iba a tocarle hoy? Pues uno de ellos era invitado siempre a su mesa, honor que nadie se disputaba. Había una señal que no engañaba: si Asselin servía champaña a su huésped, el asunto era benigno. De lo contrario, se trataba de cuestiones embarazosas, una bronca, algunas amenazas, un despido incluso. Las carreras de algunos funcionarios se habían interrumpido brutalmente en la mesa de Asselin. Sin embargo, salvo en caso de fuerza mayor, nadie se habría perdido la hora del aperitivo en el hotel Continental. La elección del «invitado», cada palabra que Asselin pronunciaba, cada pregunta que hacía, cada información exigida serían luego debatidas, disecadas, agitadas en todos los sentidos. Así nacían los rumores que Asselin había deseado provocar, aquellos cuyos efectos había premeditado ya. Así gobernaba, sin casi moverse de su mesa.

Aquella tarde, se vieron a la vez decepcionados y aliviados. No habría invitación especial: el director de la Policía se levantó en cuanto llegó Camille, la hija adoptiva de Éliane Devries, la besó en ambas mejillas y salieron juntos del hotel. Satait les abrió la portezuela trasera del Delage.

—¿Has pasado una buena semana? —preguntó Asselin.

—¿Dónde está mamá?

—En el cabo Saint-Jacques.

—¿Y no me ha llevado?

El hombre se encogió de hombros.

—Sin duda, tenía ganas de estar sola.

—Me hablas como a una niña. ¿Crees que no lo he comprendido?

—¿Qué has comprendido?

—Lo que me ocultas sobre mamá. Si no quieres hablar de ello, no hablemos... ¿Pasaré el domingo contigo?

La casa estaba deshabitada, sin muebles, salvo los altares de los antepasados, altares de laca roja y ornamentos dorados, alineados contra una pared como una galería de retratos sin rostro.

Una ligera brisa hacía ondular las persianas medio recogidas.

—Cuando vengo aquí —dijo Asselin—, me parece encontrar de nuevo a tu padre. Nos sentábamos allí, en aquel banco, y pasábamos veladas enteras hablando. Con él yo tenía algo.

Estaban ante el altar principal. Asselin, con las manos cruzadas a la espalda, permaneció unos instantes en silencio. Tal vez, se dijo Camille, porque no acostumbraba pronunciar semejantes frases.

—No le parecía ridículo que un polizonte pensase en el pecado y en Dios.

Asselin encendió una vela y la puso en un jarrón.

—Desde que tu padre desapareció, nadie se ocupa de mi alma. Soy como un fruto seco.

Aquella palabra pareció crujir. Incómoda, Camille le contempló. El hombre se volvió hacia ella.

—¿Piensas en él? ¿Piensas en tu madre?

—No muy a menudo.

A Camille no le gustaban estas preguntas directas que Éliane nunca se había permitido.

—No lo recuerdo. Algunas veces, en sueños, veo un rostro de hombre. Intenta hablarme, pero no oigo lo que me dice.

No advertía que le era más fácil, menos grave sin duda, confiarse a aquel hombre que a Éliane.

—Te dice que no pierdas la memoria. Eres la hija del príncipe N'Guyen, eres princesa de Annam. —Apartó los ojos, los clavó en la llama de la vela—: Y te necesito.

—¿A mí?

—Estoy solo, Camille. Solo contra unos enemigos invisibles que destruirán este paraíso.

La muchacha nunca le había visto este aire atormentado, esta mirada casi enloquecida.

—Tienes que recuperar el alma de tu padre, es la de tu país. Es la mía.

Había hablado en voz demasiado alta para ese lugar de murmullos. Una especie de desesperación le volvía brutal. Sujetó el hombro de Camille. Cuando se dio cuenta que la muchacha tenía lágrimas en los ojos, dijo:

—Perdóname. —Y la llevó ante un pequeño altar, en un rincón más oscuro de casa, el altar de un pariente lejano, sin duda, menos adornado—. Éste era un amigo personal de tu padre. Un día le regaló incluso un pequeño caballo. Puedes pedirle lo que quieras.

¿Estaba hablando para sí mismo? Camille no consiguió averiguarlo. Estaba junto a ella, lastimoso y aterrorizador, aguardaba. Que ella se confiara. Que le confiara algo de ese país, del que era una princesa. Que le indicara, con un signo, que su lugar estaba allí. ¿Pero con qué derecho podía hacer ese signo? La muchacha acababa de comprender que no sabía nada de su propio país.

12

A través de las contraventanas, el sol pintaba trazos horizontales en las paredes, en los muebles de un salón fantasma: los sillones, el sofá, las mesas estaban cubiertos de fundas blancas, una de las cuales se animó de pronto, y voló el fantasma que Éliane acababa de coger para hacerlo girar en la penumbra. La blanca tela cayó lentamente hasta el suelo, cogió otra y atravesó los rayos de luz; unas veces iluminaban su rostro, otras su mano, otras su busto.

Inmóvil en el umbral, Jean-Baptiste la observaba por la puerta entreabierta. Contemplaba el juego del sol y las sombras sobre el cuerpo de aquella mujer que le aguardaba. La contemplaba levantando fantasmas.

Cuando el último quedó arrugado en el suelo, la mujer sintió un breve instante de melancolía. Su rostro se puso grave. Entonces advirtió una presencia. Descubrió a Jean-Baptiste.

Sin separar de ella los ojos, pero sin sonreír, entró silenciosamente en el salón y con ágil gesto, apenas teatral, tomó al pasar una funda olvidada en un sillón y la dejó caer a sus pies.

Para acercarse a Éliane debía atravesar un rayo de luz. Tendió la mano. Ella se apartó. No lo esperaba. Sorprendido, la vio dirigirse a la puerta. En el vestíbulo, al pie de la escalera, un viejo indochino parecía un inmóvil centinela. Si advirtió la extraña mirada que Éliane y el anciano intercambiaron, Jean-Baptiste no comprendió su sentido. Luego, sonriendo, Éliane cerró la puerta.

Al diablo los secretos. Se había apoyado en la pared, Jean-Baptiste estuvo enseguida a su lado. Le acarició el rostro como cuando unos días antes ella había limpiado la sangre del suyo. Un reloj dio las cuatro.

—Hace un rato —dijo Éliane—, mientras le esperaba, he estado pensando: van a dar las cuatro, no estará aquí, tal vez se retrase un poco.

Éliane puso sus manos en las del joven. Sus palmas eran suaves, de piel fina y blanca, como las de un niño.

—Entonces me he dicho que lo ordenaría todo enseguida, que cerraría la casa y me marcharía. Exactamente como si no hubiese ocurrido nada... Nuestro encuentro, nuestra cita aquí... Lo habría borrado todo.

Parecía alguien dispuesto a saltar al vacío. Jean-Baptiste la atrajo hacia sí, la abrazó, ¿pero estaba sujetándola o la ayudaba a saltar? Le sorprendió la dureza de aquel cuerpo que estrechaba entre sus brazos. Seguía defendiéndose.

—Jean-Baptiste... Estamos a tiempo todavía de no comenzar nuestra historia.

Él se apartó, la tomó de los hombros, la mantuvo a distancia. Estaba muy tranquilo. Sus ojos brillaban.

Mucho tiempo después, Éliane le dirá simplemente a Étienne: «Todavía veo su mirada, sus gestos, nunca lo olvidaré, hubiera debido huir, pero ya sólo existía él. Conocí un amor como nunca antes lo había conocido, como nunca lo he tenido después... Sé que también él me amó.»

—Dentro de una semana me voy de operaciones. Tengo cinco días de permiso, cinco días de libertad. ¿Quiere pasarlos conmigo?

Ella cedió; acababa de saltar al vacío.

La besó. La apretó con fuerza contra la pared, sus manos recorrieron los hombros, los pechos, las caderas de Éliane, se introdujeron bajo la falda; con un gesto nervioso, apresurado, se desabrochó los pantalones, luego levantó una pierna de Éliane. Penetró en ella. Fue brutal.

—Mi padre no confía en nada ni en nadie. Teme a los norteamericanos, a la Bolsa de Nueva York, a los holandeses de Java, a los ingleses de Kuala Lumpur, al monzón, a los comunistas e incluso al progreso. Y tiene razón. Por lo tanto, conserva su refugio.

Éliane estaba sentada entre las piernas de Jean-Baptiste, apoyándose en él, que había puesto sus brazos, como un collar, alrededor de su cuello, y se apoyaba en una especie de sofá bajo que habían improvisado, junto a la ventana abierta de par en par, con todos los almohadones de los sillones. El diluvio del monzón caía con tanta violencia que el día parecía noche; el jardín estaba gris.

—Aquí está toda su vida. El museo Émile Devries.

Jean-Baptiste guardaba silencio. Cerró los ojos, echó hacia atrás la cabeza.

—¿No me escuchas? ¿Estás soñando? —preguntó ella.

—Te escucho. Penetras en mi cabeza.

—¿No te da miedo tener a alguien en tu cabeza?

—Sí. Mucho miedo. Pero contigo no.

Tomó las manos de Éliane, se acarició con ellas el rostro, las sienes.

—Te siento aquí, y eres sólo risa, dulzura. Te escucho. Cuando se presta atención, podemos escuchar a la gente que llevamos en la cabeza. Tanto a los amigos como a los enemigos.

Éliane se volvió hacia él con la mirada atenta. La estrechó muy fuerte entre sus brazos.

—Es la primera vez que permito a alguien acercárseme tanto.

13

El opio hervía como oscura miel por acción de la llama. Las manos arrugadas, muy finas, de Trang Vonh, el anciano servidor de Éliane, introdujeron una aguja en el recipiente de líquido viscoso, luego la colocaron sobre la lámpara. La gota de opio se hinchó, chisporreteó, fue amarilleando.

—Hubo un hombre —murmuró Éliane—. Hace mucho tiempo. No te diré su nombre.

Trang Vonh hizo girar la bola de opio entre sus dedos, la estiró, la ablandó.

—Trabajaba en la construcción del ferrocarril entre Phan Tiet y Tourane. Cierto día se marchó a Francia para prepararlo todo, la continuación de nuestra vida. Nuestra boda.

De las casas circundantes llegaban voces, una canción, los ruidos de la vida cotidiana.

—Un día recibí una carta de Nancy, de un

notario: mi amor había muerto. Accidente de caza.

Trang Vonh puso la bolita en el centro de la cazoleta de la pipa. Éliane aspiró el mágico humo mientras el servidor retrocedía fundiéndose en las sombras, donde se inmovilizó.

—Desde entonces sólo ha habido hombres de paso. Los que no dejan huellas.

—¿Y los hombres de aquí?

Contra el negro cielo de la ventana, Jean-Baptiste sólo distinguía la clara playa de una frente, la claridad rojiza de la pipa.

—Les doy miedo. Cuando mi madre murió, Émile se derrumbó. En cuanto pude, me puse a trabajar con él, a la edad en que las muchachas buscan marido. ¿Has tenido tiempo de ver esposas blancas?

Jean-Baptiste vio novias, velos, un virginal enjambre, comprendió con retraso: sí, mujeres de colonos.

—No tienen derecho alguno, sólo deberes: recibir bien, sonreír cuando es necesario, parir los hijos del señor y cerrar los ojos. Cerrar los ojos ante el ejército de pequeñas congays.

Jean-Baptiste admiró su franqueza. Nunca habría imaginado que una mujer pudiese hablar de ella misma con tan pocas palabras, con tan pocas complacencias. Éliane nunca habría imaginado que le diría tanto a un hombre. Sólo faltaba un postrer gesto de amor.

Tranquilamente se dirigió a Trang Vonh sentado en la oscuridad:

—Prepara el opio para él también.

14

Ya sólo existía Jean-Baptiste. Sin embargo, la vida, mi vida, continuaba. Cierta mañana nos levantamos todos, era jueves. Cada jueves tenía que pasar por el banco para resolver los asuntos de la plantación. Aquella mañana, Chevasson, el administrador, me telefoneó. Ignoro cómo me había encontrado o, mejor dicho, sí, ahora lo sé: «Émile lo había adivinado todo...»

El viejo Trang Vonh, en la cocina, preparaba una sopa: un puñado de yerbas, algunos polvos.

—Mí ver nacer a señorita Éliane —explicaba a Jean-Baptiste—. Señor Émile irse, mí guardar casa. Señor Émile nunca venir, señorita Éliane venir una vez. Mí esperar siempre ellos.

Puso el humeante bol ante Jean-Baptiste. Un Jean-Baptiste medio dormido, sin afeitar, pero de excelente humor.

—Pho —dijo Trang Vonh señalando el bol—.

Pho. —Y como Jean-Baptiste no comprendiera nada, añadió —: Pho. Sopa Tonkín. Allí todos comer pho en mañana. Como tú. Después, tú muy fuerte.

En una estancia vecina, la voz de Éliane subía de tono:

—No, no estaré. Prepare usted mismo la paga.

Con el bol de sopa en la mano, Jean-Baptiste salió de la cocina, llegó al vestíbulo y descubrió a Éliane instalada ante un improvisado despacho (papeles, plumas, un ábaco, un tintero) junto al teléfono de pared. Se sentó tranquilamente en un peldaño de la escalera, probó el pho con circunspección.

—No se olvide de las multas del equipo cuatro —decía Éliane—. Kim está al corriente... No, Arnaud, no insista, que se ponga Chevasson.

Cortante, autoritaria, no se parecía ya a la mujer del salón fantasma. Jean-Baptiste no le quitaba los ojos de encima. Ella le descubrió y le sonrió.

—Chevasson, envíeme a Satait con el coche. Dígale a Émile que le entregue el expediente Gilibert... No, está en la mesa de mi habitación... Lo necesito para el banco.

Mientras escuchaba al administrador, golpeaba nerviosamente la mesita. Sonrió de nuevo a Jean-Baptiste, pero el joven no estuvo seguro de que le hubiera visto. Y, de pronto, Éliane se sulfuró:

—¿Averiado? ¿Pero dónde está Van Thuy...? No, no voy a regresar porque un grupo electrógeno esté averiado... Encuentre a Van Thuy y arrégleselas, Chevasson. Llámeme esta tarde a las cinco.

Colgó.

Con voz cantarina, irónica, juguetona, Jean-Baptiste dijo:

—Mandar hombres es cosa de hombres.

La sintió erizarse; luego, de pronto, se relajó y entró en el juego:

—Eso dicen generalmente los hombres.

Pero quedaba en su voz una pizca de enfado.

15

Cuando Émile Devries entró en la alcoba, Jean-Baptiste estaba solo. La habitación estaba desordenada, la cama deshecha, arrugadas las sábanas, las ropas olvidadas en un sillón. Jean-Baptiste, en calzoncillos, con la camisa abierta, se había demorado largo rato, sentado en el suelo a los pies de la cama, con el licor y los vasos al alcance de la mano, junto a una pipa de opio. Había descubierto, en la mesa del despacho, un cuaderno de tapas acartonadas, un diario íntimo. Estaba hojeándolo.

Apoyándose en un bastón, muy elegante, Émile le había observado unos instantes, desde el umbral de la alcoba, antes de que Jean-Baptiste le descubriera de pronto.

—Buenos días, señor.

Sólo conocía de vista al padre de Éliane, porque se había enfrentado a él durante la competición náutica. Muy turbado, aunque sin demostrarlo, se levantó, rodeó el lecho, recogió sus dispersas ropas. Mientras se ponía el pantalón, sintió que Émile Devries no le quitaba los ojos de encima y saboreaba su turbación.

—Éliane no está —dijo inútilmente.

—Lo sé. Hoy es jueves, está en el banco.

Con paso acompasado y gestos mesurados, Devries cruzó la habitación, recogió el diario íntimo, lo cerró y lo puso en la mesa de despacho.

—Hace años que Éliane no había traído a nadie aquí.

Era sólo —sólo quería parecer— una observación sin importancia. Ni más ni menos ostentosa que su modo de cubrir el desorden de las sábanas con la colcha. Poniéndose la chaqueta de su uniforme, Jean-Baptiste no sentía ya la menor turbación, sólo una pizca de impaciencia.

—He venido a contarle una historia —continuó Devries.

Estaba en el centro de la alcoba, con una mano en el pomo de su bastón. Jean-Baptiste tendría que empujarle para salir de la estancia.

—No estoy seguro de que me interese.

—¡Ah, no, hombrecito! Está usted en mi casa, entrometiéndose en mi vida.

Devries cerró dando un portazo y dio un puntapié a la pipa de opio, que se partió.

—¡Va a escucharme!

Era la misma rabia del timonel, azuzando a su ocho hacia la victoria. Y, de pronto, sonrió, resucitó su personaje de colono bien educado:

—Tranquilicémonos, tranquilicémonos... Vamos a sentarnos.

Con el extremo de su bastón, empujó a Jean-Baptiste hacia un sillón, él se sentó en la cama. Jean-Baptiste le dejó hacer sin rebeldía, sin responder. ¿Para qué? No sentía ya turbación ni impaciencia; el enfrentamiento le gustaba.

—François —murmuró soñadoramente Devries—. ¿Le ha contado lo de François?

Un comediante, un viejo cómico, pensó Jean-Baptiste, cuida sus efectos, imposta su voz.

—¡El ingeniero, el noviazgo, la boda!

Un bufón.

—¡Francia! Y luego... —Devries imitó con sus dedos el cañón de una pistola apuntando su sien—: ¡Pam!

—Sí, me lo ha contado.

—Pero no le ha dicho lo que siguió, la depresión, el hospital, la crisis, la desesperación, el opio.

La voz iba elevándose pero no se quebraba.

—Y la idea fija: «Iré a Francia, quiero saber cómo murió, sus últimas palabras, conocer a sus amigos y a su familia, soy su viuda...»

Devries imitaba ante Jean-Baptiste a una Éliane de la que el joven no quería saber nada. O al menos no quería saber nada que no le dijera ella misma, con sus propias palabras y su propia voz.

—¡Una loca! Se había vuelto loca, estaba rota, por la noche llamaba a un muerto con los brazos tendidos.

Y Devries cambia de tono, se apacigua, nada:

—Guy Asselin quiere mucho a mi hija, desde hace tiempo, y es alguien que necesita saber, necesita saberlo todo. Escribió a Francia, a unos colegas policías. Pues bien, el supuesto cadáver de François se encontraba a las mil maravillas. Recién casado con una deliciosa ingenua. Y, de vez en cuando, una escapadita a París; por lo demás, nada que decir.

Los buenos actores saben evaluar la duración de su silencio. Devries lo hacía a la perfección.

—Hoy debe de tener una familia numerosa, algunas amantes...

—¿Sabe Éliane que ese hombre realmente no ha muerto?

Jean-Baptiste hubiera debido callarse. Devries no tenía derecho alguno a contarle aquella historia, no tenía, sobre todo, derecho alguno a sorprenderle, a conmoverle y advertirlo.

—¡No! Nunca lo sabrá.

Devries creyó que el silencio de Jean-Baptiste era una victoria; quiso aprovechar su ventaja:

—También usted, algún día, intentará librarse de Éliane. Evitemos pues la tragedia. Véala poco, desaparezca lentamente, nada de dramas... El estancamiento, vamos... ¡Y luego, nada!

Aquellos sórdidos consejos eran como un bofetón. Jean-Baptiste estaba pálido, furioso, pero controló tan bien su voz que pareció neutro.

—¿Y si la amara?

—Si la amara... ¿La ama? —Devries se irguió, golpeó el suelo con su bastón—: Entonces déjelo todo, abandone el ejército, dimita y venga. Venga a la plantación, todo es suyo, soy viejo, no me quedan fuerzas, ¡ocupe mi lugar!

—¿Cuánto?

Por un breve momento, Jean-Baptiste, se sintió satisfecho de haber desconcertado a Devries El viejo colono le había desafiado, pero todavía era capaz de dar un buen golpe, de hacer las cosas más asquerosas todavía.

—¿Cuánto? Eso es un negocio. ¿Cuánto vale su hija?

Jean-Baptiste cogió a Devries por la solapa,

le llevó así hasta la pared y le mantuvo adosado a ella.

—¡Vamos! ¡Humílleme! ¡Págueme!

Seguía sacudiéndole («¡Diga un precio, una cantidad!»), y cuando le vio descomponerse, comprendió que nunca más podría mirar a Éliane sin recordar ese secreto que ella no conocía, comprendió que golpear a Devries no serviría para nada, pero que debía llegar hasta el final, agotar su cólera.

—¿Cien mil piastras? ¿Doscientas mil? Atención, la he visto actuar... El administrador, los coolies, los banqueros, todos a sus órdenes, sin chistar. ¡Ella hace funcionar todo eso! ¡De modo que debe ser muy cara! ¡Quinientas mil! ¡Quinientas mil si se la dejo!

Devries se dejaba maltratar sin resistencia. Su cabeza golpeó varias veces la pared.

—¡Quinientas mil! ¡Dígalo! —Jean-Baptiste le gritaba a la cara—. ¡Quiero escucharlo!

—Sí... —Devries intentó recuperar el aliento—. Sí... quinientas mil...

Jean-Baptiste, asqueado, despectivo, vio cómo titubeaba, cómo se derrumbaba casi en la cama.

—No, caballero. Esas cosas no tienen precio.

Había salido ya de la alcoba, había bajado casi toda la escalera cuando Devries se lanzó tras él, se agarró a la barandilla, gritó:

—¡Tiene usted toda la vida por delante! ¡Ella no! ¡Yo no! ¡Déjela!

Jean-Baptiste no se volvió.

Devries permaneció largo rato agarrado a la barandilla, doblado en dos. Escuchó los pasos del intruso alejándose por el jardín.

Cuando se irguió de nuevo, descubrió a Trang Vonh, inmóvil en el pasillo. Entonces levantó su bastón, se dirigió a él, le golpeó.

—¡Nadie debe entrar en esta casa! ¡Nunca!

16

Aquella noche Éliane regresó tarde. Había sido un jueves como los demás: el banco, los plazos y los reintegros, toda aquella aritmética a la que, en definitiva, se reducía el bosque de heveas. En la casa brillaba una lucecita.

Algo no funcionaba. Lo presintió en cuanto cruzó el umbral. El salón había sido ordenado de nuevo, cada funda, cada fantasma devuelto a su lugar sobre los muebles.

—¡Jean-Baptiste!

Estaba ya a media escalera cuando escuchó a su espalda la voz de Trang Vonh:

—Señorita Éliane...

El viejo servidor estaba en el umbral de la cocina.

—Señor oficial marcharse.

—¿Dijo cuándo volvería?

—Mí no saber.

Éliane no siguió subiendo.

17

Poca luz, mucho humo. Alrededor de la ruleta y el tapete verde, los europeos, civiles o militares, se mezclan con los chinos y los indígenas. Los jugadores, discretos, refugiados en la penumbra, depositan sus apuestas en los cestos que ascienden hasta la galería que corona la sala.

Charles-Henri había fumado mucho opio. Apoyándose en una hermosa congay avanzaba por entre las mesas de juego, con los párpados entornados y la voz pastosa.

—Huid, celos y torturas... Estés donde estés, tu alma se desprenderá de tu cuerpo para abrazarse a la mía.

Se derrumbó al extremo de una mesa, entre otros marinos, apoyándose en el hombro de Jean-Baptiste.

—Vamos, arcángel mío, te toca a ti... Un sueñecito de nada...

No va más. La bola corre por la pendiente, en sentido inverso al de la rueda y sus cifras, que giran, par o impar, rojo o negro.

—No. He lanzado un desafío al azar.

Charles-Henri se irguió, contempló aquellos rostros fascinados por la bolita que saltaba de casilla en casilla, y luego, más allá, a los borrachos, los bailarines, las fugaces parejas.

—Una aparición —susurró apoyándose en Jean-Baptiste.

La bola de marfil tableteaba indecisa. Jean-Baptiste levantó los ojos. Apoyada en la pared, como paralizada, estaba Éliane.

Apartó a Charles-Henri con tranquilo gesto, abandonó la mesa de juego y se dirigió lentamente hacia los peldaños donde le aguardaba Éliane, una Éliane preñada de contradictorios sentimientos: vergüenza, alivio y el deseo de arrojarse en brazos de Jean-Baptiste.

—¿Qué estás haciendo aquí? —dijo.

Ella no le reconoció. No era ya el imprevisible muchacho de la sala de subastas, el apuesto joven de uniforme blanco que fue a su encuentro en el salón liberado de sus fantasmas, el niño que soñaba en don Juan de Austria y sangraba por la nariz, era el otro, aquel al que tanto le había costado imaginar, el oficial que ordena incendiar un sampán a riesgo de que se ahoguen un padre y su hijo. Sintió frío.

—Te he buscado... He corrido por todas partes, ayer por la tarde, esta noche...

Él guardó silencio. Pese a las miradas de los marineros y las mozas clavadas en ellos, ella se le acercó.

—Háblame, Jean-Baptiste, háblame...

El joven había tensado los hombros, erguido la barbilla, como si reprimiera el asco o la cólera.

—Habrá siempre horas para mí —dijo articulando con maligna precisión—. Días para mí, semanas para mí. Sólo para mí. ¿Lo comprendes? Y lo mismo ocurre contigo. Somos dos personas.

Era injusto, la estaba hiriendo, aquella escena se parecía tanto a todo lo que había tenido, a todo lo que la había mantenido durante tanto tiempo apartada de los hombres. Pero era demasiado tarde ya para sentir vergüenza de su propia vergüenza.

—Ahora formas parte de mi vida. Te necesito, necesito tu dulzura, tu voz, tus manos...

Aquellas manos que tomó entre las suyas, aquellas manos que él abandonó como cosas muertas.

—Tienes que protegerme.

—Basta ya. —La rechazó sin brusquedad—. Esta mujer suplicante no eres tú.

Permanecieron unos instantes sin hablar. Ella no podía añadir nada, de nada habría servido porque estaban casi tocándose y él no la tocaba.

—Aspiro al mundo, Éliane. No a un pedacito de tierra delimitado como una tumba.

Ella lo sabía. Los hombres —François— habían temido siempre que los encerrara, y era inútil que Jean-Baptiste añadiera, como una profesión de fe:

—¡Quiero descubrir el mundo!

Éliane retrocedió. Se inmovilizó un instante. Última oportunidad. Luego dio media vuelta y huyó.

Fuera, Satait abrió un gran paraguas negro, la cubrió y la acompañó hasta el coche. Una pesada lluvia monzónica rugía en el barrio chino.

Satait le abrió la portezuela, Éliane subió, el chófer cerró el paraguas y se puso al volante.

—¿Tiene usted problemas, señora?

—No, ¿por qué?

—Porque está llorando.

El coche arrancó. Buscaba con precaución su camino en la compacta oscuridad del diluvio y de la noche.

18

Sólo en el último momento vio Satait la forma blanca que se lanzó ante el Delage. Frenó en seco. Sin embargo, tuvo la sensación de que el hombre, con las manos puestas en el capó, había detenido el coche.

Éliane reconoció a Jean-Baptiste, chorreando bajo la lluvia. Dio la vuelta al Delage, se lanzó contra la portezuela trasera. Satait arrancó de nuevo. Jean-Baptiste corrió, golpeó el cristal.

Éliane retrocedió hasta el otro extremo del asiento. El joven parecía a la vez brutal y extraviado, tenía el aspecto de un niño.

Logró abrir la portezuela, se metió en el coche.

—¡Déjame! —exclamó Éliane.

No la escuchaba; se pegó a ella, la estrechó entre sus brazos. Éliane se debatió.

—Estás loco... Déjame.

—Perdóname.

Resistía. Peleaban en silencio, jadeantes. Delante, Satait conducía imperturbable.

—¡Para!

Jean-Baptiste intentaba besar a Éliane. Acarició con una mano sus hombros, sus pechos, su vientre y, luego, intentó subirle la falda. Sus rostros estaban pegados.

—¡Para!

Satait obedeció. El Delage se inmovilizó en una calle desierta, como un navío perdido bajo el diluvio.

En la oscuridad temblaban unas lucecitas.

—Sal.

Por un instante, todo quedó suspendido. Jean-Baptiste, inclinado sobre Éliane, la miraba desconcertado.

Delante, ni los hombros ni la nuca de Satait se habían movido.

—Sal, por favor —repitió Éliane.

Sin una sola mirada a la pareja, Satait bajó del coche, abrió el paraguas, y se alejó. Las manos de Jean-Baptiste levantaron la falda, acariciaron la piel desnuda. Las pupilas de Éliane brillaban como dos gotas de tinta en el pálido iris, en la blancura de la córnea. La besó, se tendió sobre ella. Éliane le dejó hacer.

La lluvia caía sólo suavemente cuando Éliane se separó; Jean-Baptiste se sentó junto a ella, con la nuca apoyada en el respaldo del asiento. Las luces de las ventanas vertían zigzagueantes reflejos en los charcos de la calle.

De pie bajo su paraguas, erguido como un poste, Satait daba la espalda al Delage.

—Estoy loca. Loca... Quisiera no haberte conocido nunca. Hubiera debido huir el primer día.

—En tu vida no hay lugar para un hombre, Éliane. Si hubiera un hombre debería destruirlo todo, llevarte con él, ocupar todo el espacio.

—Hemos vivido cinco días juntos. ¿Qué sabes tú de mi vida?

Jean-Baptiste cerró los ojos. No debía flaquear. Contra toda lógica, contra Éliane, contra sí mismo. Soy heroico, pensó con amargura. Luego: Acepto luchar contra un muerto, pero no tengo fuerzas para luchar contra semejante mentira.

Si resucitaba a François, ella nunca confiaría ya en nadie, y en él menos aún: cuando le mirara, pensaría siempre en la traición. Y si callaba, la traicionaba también.

—Estaba dispuesta a perder lo que más quiero —le dijo—. Por ti. Estaba dispuesta a desertar, a traicionar. —Insistió en la palabra «traicionar» para que no hubiera más dudas—. Quería abandonarlo todo.

—No soy un hombre por el que se abandona todo. Nunca seré ese hombre, Éliane. No tengo fuerzas para ello. —Volvió a abrir los ojos, la miró de frente—. Y tampoco tengo ganas.

Abrió la portezuela. Salió. La oscuridad y la lluvia se tragaron enseguida su blanca silueta.

SEGUNDA PARTE

1

En Yenbay, en febrero de 1930, la guarnición se amotinó. Desde hacía varios años, el Partido Nacional Vietnamita y el Partido Comunista trabajaban en la clandestinidad contra el régimen colonial de Indochina. Los nacionalistas, dirigidos por Guyen Thai Hoc, contaban con el motín de Yenbay para iniciar el levantamiento general de Tonkín. El intento fracasó, la represión diezmó el partido. Capturado, Guyen Thai Hoc debía ser ejecutado el 12 de junio de 1930. Tres semanas antes, Tanh regresó a Saigón.

Tanh tenía apenas veinte años. Tras sus gafas de montura metálica cultivaba la impasibilidad de su raza y de un joven que sabe lo que quiere. Tampoco parecía en exceso afectado por el frío furor de Asselin, que recorría la estancia a grandes pasos.

—Escúchame bien, Tanh. De momento, confío en ti. Te conozco desde siempre, estimo mucho a tu madre. No estás fichado. Hazme, pues, el favor de olvidar esas ideas de revuelta, todas esas idioteces que inventáis en París.

Tanh descruzó las piernas.

—No puede impedirme pensar. Y pienso que, algún día, los franceses se verán obligados a marcharse.

No levantaba la voz: enunciaba una evidencia.

—¿Sabes a dónde pueden llevarte esta clase de afirmaciones?

—Sí, lo sé.

Tanh volvió a cruzar las piernas.

—Pueden proseguir con las expulsiones, los encarcelamientos arbitrarios, la represión: algún día todo eso acabará.

Aquella tranquila declaración de guerra sacó a Asselin de sus casillas.

—¡Pobre imbécil! Decididamente, sois unos pobres imbéciles. —Se acercó a Tanh avanzando el mentón, amenazador y ridículo—. Las cosas, amiguito, pueden tardar mucho en terminar. Y, créeme, procuraré que ésta acabe muy lentamente.

El timbre del teléfono interrumpió el enfrentamiento; Asselin se irguió, retrocedió, se decidió a descolgar por fin. Asintió en el vacío;

cuando hubo colgado, su rostro se relajó y dijo sonriendo:

—Han llegado ya. —Y, pese a la impasibilidad de Tanh que hacía ridícula su advertencia, añadió—: Compórtate bien.

Callaron durante el trayecto hasta el hotel Continental. Un silencio hostil y atento: habría bastado una nadería para que el enfrentamiento recomenzara.

La orquesta del hotel tocaba una almibarada melodía. Era la hora del té. Las viejas damas acunaban sus sombreros con un movimiento de cabeza.

—¡Tanh!

El joven oyó el grito de alegría antes incluso de ver a Camille, sentada (no, de pie ya, sale a su encuentro) con Éliane a la mesa de Asselin. Abrió los brazos, recibió a Camille contra su pecho y, sin embargo, nadie se giró para mirarlos, pues su ternura estaba llena de contención.

—Estás muy hermosa.

Lo había dicho como antes había desafiado a Asselin: enunciando una evidencia. Tanh no tiene tiempo que perder en palabras o gestos innecesarios. Se reunió con Éliane en la mesa, le besó la mano.

—No me lo creía —dijo ella—. Estoy tan acostumbrada a las bromas de Guy. ¿Cuándo has llegado?

—Hace dos días.

Las miradas de Asselin y Tanh se encontraron brevemente. Sí, bastaría una nadería para que el enfrentamiento comenzara de nuevo. Todos se sentaron, o volvieron a sentarse, alrededor de la mesa.

—¿Y vas a quedarte mucho tiempo? —preguntó Camille.

Esta vez, Tanh, con las manos modosamente cruzadas en el borde de la mesa, volvió la cabeza hacia Asselin luciendo en los labios un esbozo de sonrisa.

—Tanh ha sido expulsado de Francia —explicó Asselin.

—¿Cómo? —exclamó Éliane—. ¿Qué has dicho?

Asselin había adoptado la misma actitud que el joven: con las manos cruzadas en la mesa, la espalda erguida y la voz calmada.

—Ha sido expulsado. Definitivamente.

—¿Pero por qué? —preguntó Camille.

Asselin se inclinó un tanto hacia Éliane.

—¿Sabe lo de Yenbay?

—No.

—¡De todos modos es su país, mierda!

En Asselin, la tranquilidad es, siempre, sólo una actitud deliberada. Había golpeado con ambas manos la mesa, sus párpados se habían hecho pesados, su boca se había contraído.

—¡Tiene derecho a saberlo!

No advirtió las miradas que Éliane y Tanh intercambiaron; buscaba sus palabras, las más precisas y sobrias:

—Hace tres meses, unos soldados annamitas mataron a sus superiores franceses. Entonces, nosotros ejecutamos a los asesinos. El incidente quedaba cerrado.

No comprendió que impresionaba a Camille, que su seca exposición de los hechos representaba, para ella, el reverso del sueño.

—¡Pues bien, en absoluto! —prosiguió—. En París hubo manifestaciones de apoyo a los asesinos de los franceses. Entonces los manifestantes fueron encarcelados. El incidente quedaba cerrado.

Camille no apartaba de él sus ojos. Todo se aclaraba: las confidencias de Asselin ante el altar de su padre, en la casa donde ella había nacido; su insistencia: «Te necesito, no pierdas la memoria, eres princesa de Annam.»

—¿El incidente quedaba cerrado? ¡Pues no! Se iniciaron movimientos de solidaridad, el jaleo llegó hasta el Elíseo. Y nuestro amigo Tanh se sintió solidario. Entonces, le pusieron también de patitas en la calle.

«Te necesito, no pierdas la memoria.» ¿Pero qué representa la memoria si se desconoce por completo el presente? «Eres princesa de Annam.» Eso sí tenía sentido, y Camille sospechó que tal vez no fuera el que Asselin esperaba.

—¿Y ahora? —le preguntó ella a Tanh.

Él posó la mano en la suya.

—Ahora, se ha terminado, Camille. —Luego, sólo con la ironía necesaria, concluyó—: He sido malo y me han castigado. Francia es un país justo, viva Francia.

Asselin enrojeció de cólera, pero Tanh tenía cosas más importantes que hacer que seguir desafiándole. Se levantó muy deprisa y arrastró a Camille hasta la pista de baile. La orquesta iniciaba una melodía de moda: *J'ai deux amours*. Un vals lento.

Tanh bailaba con elegancia. Camille, pese a las lecciones de tango, vacilaba un poco, se dejaba dirigir, casi llevar.

—En el barco que nos alejaba de Francia —explicó Tanh—, pasábamos la noche en la cubierta de popa, cantando bajo las estrellas. Tendríamos que habernos sentido desgraciados, éramos parias; y sin embargo, nunca me he sentido más feliz. Pensaba en nuestra infancia, aquí.

Camille acababa de encontrar la cadencia, el paso apenas esbozado en el segundo tiempo del compás.

—Algún día, este país será nuestro de nuevo —aseguró Tanh.

2

Una gallina revoloteó por el cobertizo con un estremecimiento de plumas. La señora Minh Tam ofreció su mejilla diestra al ventilador. Era una mujer flaca de penetrante mirada. A su lado, una chiquilla cortaba nueces de Arec, mezclaba los pedazos con cal y lo envolvía todo en unas hojas betel que iba depositando en una bandeja.

Al fondo del cobertizo se adivinaba ruido de vajilla. En los tabiques de separación, estaban sentadas o tendidas algunas mujeres jugando al dominó chino, sin preocuparse de las pequeñas criadas que pasaban, en silencio, una tras otra. El dinero cambiaba con rapidez de mano; se jugaba fuerte. En las paredes, algunos ideogramas enmarcaban retratos que, a su vez, enmarcaban un Buda y sus ofrendas.

Éliane siguió con distraída mirada la preparación de los rollos de betel.

—Es mi hijo —decía la señora Minh Tam—, lo conozco. Es un sarampión de juventud, las malas influencias de París. Sé cómo hacerle entrar en razón.

—¿Las piastras?

Hay temas que no admiten ironía. De modo que la señora Minh Tam respondió con mucha seriedad:

—Será mercader de aceites y jabón, como yo. Y será muy rico, mucho más rico que los ingenieros franceses. —Ofreció su mejilla izquierda al soplo del ventilador, lo que le permitió volver la cabeza hacia Éliane—. Nunca estuve de acuerdo con que estudiara en Francia, pero usted y su amigo Guy insistieron tanto...

—Son los jóvenes como Tanh quienes deben tomar en sus manos el destino de este país. Es necesario crear una elite annamita.

Con un breve gesto del reverso de su mano, la señora Minh Tam barrió la explicación de Éliane.

—La elite somos nosotros. Nosotros, con nuestro dinero, tenemos las riendas de este país.

—Tanh es un intelectual. Los negocios no pueden gustarle.

—No le permitiré convertirse en un soñador como su padre. —Se volvió bruscamente hacia un hombre que, desde hacía un rato, aguardaba en el umbral—. ¿Qué quiere?

Sujetaba sobre su vientre un sombrero puntiagudo y demostraba la mayor deferencia.

—He llorado mucho, el mal espíritu ha enviado la fiebre que mató al búfalo y debilitó a mi hijo.

—¿Ha tomado el niño... —la señora Minh Tam volvió la otra mejilla al soplo del ventilador— el medicamento que te di?

—Sí, pero tiene hambre y necesito dinero.

—El dinero que te juegas.

A Éliane le sorprendió aquel tono tan seco (ella misma hablaba suavemente a un coolie cuando le castigaba), y le divirtió que, justo en aquel instante, la señora Minh Tam contemplara a sus amigas que contaban fajos de piastras por encima de las fichas de dominó.

—Envíame a tu mujer. Le daré el saco de arroz y los medicamentos para el niño. Tú no tendrás nada.

Breve gesto con el reverso de la mano. Despide al hombre, que se inclina varias veces retrocediendo mientras la señora Minh Tam, acariciando el gollete de la botella, propone a Éliane:

—¿Un poco de champaña?

—No, gracias, tía.

La señora Minh Tam, procurando permanecer en la trayectoria del ventilador, se sirvió algunas burbujas.

—La madre de Camille era mi prima. Siempre deseamos la boda de nuestros hijos. —Frunció la nariz, el champaña estaba tibio—. Cuando usted adoptó a Camille, ésa fue la condición para que yo consintiera. Las alianzas no deben romperse.

—Hoy, es mi hija —respondió Éliane—. Quiero que sea feliz.

La señora Minh Tam contempló las burbujas del champaña, su cobertizo, y luego, a Éliane.

—Un muchacho —dijo soñadoramente—. No, dos... ¡Que nos den dos muchachos! Y nuestros ancianos años serán dulces. —Sonrió a Éliane, al porvenir, a sí misma, al implacable orden de sus proyectos—. No haremos ya nada Lili. El mayor se casará con una muchacha rica, nuestros hijos se encargarán de nosotras, estaremos siempre sentadas, charlando y fumando tranquilamente. Jugaremos al tusac después de hacer la siesta. —Cacareó—. Hasta la hora del aperitivo, como vosotros decís. ¡Qué felicidad! Y cuando llegue el momento, moriremos contentas, rodeadas de nuestros hijos y nietos.

3

La vida seguía como antes.

«El rumor de los pasos y las hojas muertas, la sangre que corre de la herida del árbol, y sobre todo, lo que a mí más me gustaba y no gusta a la gente, el olor de caucho.

»Vivíamos en paz —dirá Éliane, años más tarde cuando se explique ante el joven Étienne, rememorando juntos fragmentos de su propia memoria y lo que ella haya adivinado, oído, reconstituido de las incertidumbres y las etapas oscuras de aquella época.

»Yo no había vuelto a ver a Jean-Baptiste, pero no podía olvidarle. ¿Qué había sabido la gente de nuestra historia? En cualquier caso, nada de mi angustia. Yo ocultaba muy bien mis sentimientos. Y, además, vivíamos en paz e ilusionados...

»La situación explotó el día de la fiesta de la

Paz y la Tranquilidad. Como cada año, mi padre y yo éramos los únicos europeos invitados por el mandarín.»

Émile Devries había comprado para aquella circunstancia un traje y un sombrero nuevos. Bajo los ojos admirativos y risueños de Hoa, su pequeña congay, se había rociado con perfume, había hecho poses durante largo rato, girando sobre sí mismo como un maniquí. Hoa repetía:

—Émile muy guapo, mí mucho orgullosa.

En el momento en que Éliane, con un vestido rojo y sombrero a juego, salió a la terraza, la pequeña congay, discreta, se refugió en el interior de la casa.

En cuanto a Devries, hinchó el pecho, irguió los hombros, con una mano en la cintura y el otro brazo levantado.

Éliane respondió con una mímica de exagerada admiración a tan afectada pose.

—¡Pero si te has teñido el bigote!

Émile se llevó las manos a los labios.

—¿Sabes?, la pequeña My, la hija menor del mandarín —dijo en el tono de una confidencia—. Este año cumple quince años... Y siempre le he parecido guapo.

Éliane lo cogió del brazo.

—¿Quieres seducirla?

—¡Búrlate! ¡Búrlate...! Su padre acaba de tomar una tercera mujer y tiene la misma edad que yo.

Los niños celebraban la Fiesta de la Paz y de la Tranquilidad tirando petardos. Todo olía a pólvora e incienso. Éliane y su padre se habían colocado en primera fila, a un lado del patio, frente al mandarín que oficiaba, rodeado por su nueva esposa, sus hijos y los notables del departamento, vestidos todos de negro. Éliane escuchaba con afecto y respeto al mandarín mientras pronunciaba las palabras rituales de la fiesta; a Devries le interesaban más las jovencitas. En el centro del patio, el incienso ardía en las grandes urnas de los sacrificios.

Éliane no recordará el encadenamiento exacto de sus pensamientos y gestos ni, sobre todo, cuándo «sucedió». Recordará, esencialmente, la extraña angustia —que más tarde será fácil denominar «presentimiento»— que se había apoderado de ella durante todo el viaje en coche desde su casa hasta la pequeña pagoda del mandarín. Pero, después de que rompiera con Jean-Baptiste (¿o fue él quién rompió con ella?, ¿o quizá no había nada lo bastante fuerte como para que fuera necesario romperlo?), sentía, en los escasos momentos de la vida cotidiana que el trabajo le dejaba libre, esa sensación de vacío vibrando entre su vientre y su pecho. Había conocido ya algo parecido, tras la muerte de François; un poco de opio era un excelente remedio.

Luego, el coche los depositó, a su padre y a ella, a la entrada del patio; se encontraba mejor, apenas se sobresaltó cuando un petardo estalló a sus pies; entró para participar en la ceremonia como cada año, y como cada año se sentía indochina, «asiática», orgullosa y feliz de pertenecer a ese país, de ser la única blanca invitada a la Fiesta de la Paz y de la Tranquilidad, como, en la metrópoli, en un pueblo de provincias, se habría sentido orgullosa de colocarse en primera fila en la iglesia donde se celebrara la Pascua o la misa de medianoche. El mandarín le gustaba; y le gustaba más todavía cuando presidía un rito: era Indochina, la verdadera, la de siempre.

Ese fervor, profano, profundo (mientras su padre examinaba complacidamente a My, la última hija del mandarín) le permitió comprender en primer lugar que algo anormal sucedía. Los labios del mandarín seguían moviéndose, pero de ellos no brotaba sonido alguno. Y, de pronto, un hilillo de sangre corrió por su nariz, se dirigió a la mejilla, siguió la comisura de los labios y goteó desde la barbilla. Estalló un ramillete de petardos. Sin ruido alguno, el mandarín fue inclinándose en una lenta reverencia y, cuando su rostro tocó las rodillas, el cuerpo entero cedió y cayó a los pies del sitial.

Éliane corrió, trepó por los peldaños de la pequeña pagoda cuando toda la concurrencia comenzó a comprender a su vez: el mandarín había sido asesinado, los disparos se habían confundido con los petardos de los niños. Brotaron gritos. La gente corrió en todas direcciones, estallaban otros petardos, Devries se unió a su hija, arrodillada junto al mandarín que yacía, con los ojos abiertos, un agujero en mitad de la frente y el rostro cubierto de sangre. Tras ellos, alguien gritó:

—¡Señora Devries, señor Émile! ¡Vengan enseguida!

Éliane, veinte años después, explicaría: «Aquel día hubiera debido comprenderlo. Mi sueño, mi sueño de Indochina, es decir, mi vida, concluía. No lo comprendí. No me apetecía. No tuve tiempo. Mi padre me cogió por el brazo: "Ven. Kim nos está llamando. Hay un problema en la factoría." Le seguí. Y en aquel momento comprendí que iba a combatir, que si yo lo deseaba, el mundo —¡el mío!— no terminaría con la muerte del mandarín.»

La factoría estaba intacta. En el terraplén, los coolies, asustados, habían sido reunidos por los cais, que los mantenían a distancia. Éliane, al bajar del coche, lo vio enseguida.

El depósito de las grandes cubas para el caucho ardía; de él brotaba una espesa humareda negra y acre.

Chevasson, el administrador, dirigía una hilera de niños que se pasaban de mano en mano unos cubos demasiado pesados para ellos. Nadie se había atrevido a entrar en el edificio incendiado. Tiraban agua desde el exterior, a bastante distancia. Pese a la importancia del humo, parecía que el incendio iba apagándose. Dos adolescentes intentaban poner en marcha una rudimentaria bomba de agua.

Éliane cruzó el terraplén con paso decidido. Los coolies estaban nerviosos, se veía, se sentía. Un solo error, una sola torpeza, una pizca de nerviosismo por su parte, y todo era posible: la huida, la rebelión; bastaba que algunos reunieran valor para enfrentarse con los cais, y los cais eran pocos, sólo la autoridad de Éliane y de su padre les permitía contener a los coolies. Los oyó murmurar (¿gruñir?) a su paso.

Chevasson estaba empapado en sudor, en el mal sudor del miedo. Y tenía los dilatados ojos de un ave perseguida.

—Creo que hemos conseguido dominar el fuego... —dijo.

No podían perder tiempo ni contar con aquel administrador. Combatir. Combatir...

—¿Cuándo se podrá proseguir el trabajo? —preguntó Éliane—. Deben vaciarse y limpiarse las cubas.

Mirada de pájaro que no puede fijarse, que sólo ve su propio miedo. Chevasson balbuceó:

—Mañana, creo.

Imposible. Eso sería ya concederles una victoria.

—¿Y por qué no ahora?

Los ojos de pájaro se inmovilizaron.

—No quieren entrar en la fábrica. Dicen que van a dispararles, que los abrasarán.

—¿Pero quién?

Entre los agachados coolies, en primera fila, un hombrecito enclenque, con los ojos brillantes de terror, gritó:

—¡Bum! ¡Peligro! ¡No posible trabajar! ¡Explosión!

Éliane miró al coolie, luego a Chevasson, por fin la puerta de la factoría. Los miró aunque sin verlos. Estaba concentrándose en su decisión: combatir, avanzar. Avanzó hacia la factoría.

Chevasson, con un grotesco bamboleo de su cuerpo y sus enormes caderas, la alcanzó:

—No vaya, señora. Creo que también ha habido disparos.

Éliane siguió avanzando. Con una voz sin entonación, pero llena de cólera y desprecio, replicó:

—Usted cree o deja de creer, se han producido o no se han producido. ¡Decídase!

Chevasson se quedó clavado en el suelo. Su mirada de pájaro asustado recorrió las filas de coolies, repentinamente silenciosos, y regresó a la patrona, que empujó la puerta del depósito, se dirigió hacia las cubas ennegrecidas por el humo, se detuvo, se volvió hacia todas aquellas miradas ansiosas que la seguían y gritó en annamita:

—¡No peligro! ¡No explosión! —Luego, cruzó la desierta factoría hasta la columna en la que estaban colocados los mandos eléctricos—. Raymond, ¡vuelva a poner el grupo en marcha!

Chevasson no se movió. Habría sido incapaz de hacerlo. Sólo sus pupilas, dilatadas por el terror, se movían en todas direcciones.

—Es muy peligroso. Tenemos que esperar a la policía.

—¡Kim, el grupo!

Combatir, avanzar, mandar. Si un subalterno flaquea, sustituirle en el acto. Éliane pensó, muy deprisa, en Jean-Baptiste, comprendió que tuvo que incendiar el sampán sospechoso, le admiró. Luego el motor petardeó. Kim había obedecido. Ya era administrador. Había puesto el grupo en marcha. El motor funcionaba con un ronroneo de gato gigantesco.

Éliane olvidó a Jean-Baptiste. Bajó la clavija. Una correa se puso en marcha, lentamente primero y luego alcanzando su ritmo: las laminadoras estaban en marcha. Por las rendijas de las junturas se escapaba el humo.

Émile Devries entró en la factoría, se quitó la chaqueta —aquella hermosa chaqueta que había exigido cinco pruebas—, la arrojó en cualquier parte y se colocó ante una laminadora. Tomó de un depósito una placa de látex coagulada, la puso en la máquina. La placa volvió a salir, aplastada, sobre una cinta transportadora. Devries había colocado ya otra en la laminadora. Con el dorso de la mano, se secó las gotas de sudor que brillaban sobre sus cejas.

Fuera, los coolies ni siquiera murmuraban ya. Observaban, estupefactos, al patrón y a la patrona trabajando.

Chevasson se frotaba la frente, como si quisiera arrojar de ella aquella desventura: había perdido su puesto. Por otra parte, Kim, mezclando el francés y el annamita arengaba a los obreros:

—¡Señora Éliane y señor Émile vivos! ¡No peligro! ¡Limpiar cubas!

Y predicando con el ejemplo, entró en la factoría y reemplazó a Devries al comienzo de la cadena. El anciano se sentó, agotado.

Éliane, veinte años más tarde, contará a Étienne: «Entonces se levantó un coolie, luego otro y otros más. Entraron en la factoría, ocuparon sus puestos en las cubas y los secaderos. Uno se puso delante de mí, tomó la placa de látex y prosiguió el trabajo como si yo no estuviera. Salí. En el terraplén hacía mucho calor. Caminé entre los carros. Me refugié en el almacén. Olía a humo tibio: era el olor de la derrota, pero allí, en la factoría, todos creían que yo había ganado. Y lloré, ¿sabes? Me oculté en un rincón oscuro y lloré.»

4

El despacho daba, a través de un tabique calado, al patio de la factoría donde Camille se había cruzado con Chevasson, su esposa y sus hijos que acababan de cargar su equipaje en la baca de un viejo automóvil. Chevasson la había saludado con un «señorita», Yvette había fruncido los labios, levantado la barbilla y se había encogido de hombros.

—No quiero ir al internado el lunes —comenzó Camille.

Éliane, sentada detrás de la mesa, repasaba sumas, largas sumas llenas de ceros.

—Cuando estoy lejos de ti, imagino cosas terribles: que incendian la casa, que os matan al abuelo y a ti.

Con el extremo de la pluma, Éliane repasó una columna de cifras, subrayó la suma, levantó la cabeza hacia su hija.

—No hay por qué tener miedo. Si tenemos miedo, han ganado ya. Guy me dijo: «Prepárate para la crueldad.»

Camille volvió a pensar en lo que Asselin le había dicho, a ella, como contrapunto de las palabras de Tam. Sintió deseos de repetírselo a su madre, pero la vio tan tranquila, tan segura de sí misma, Éliane había dominado siempre tan bien a los hombres y los acontecimientos, que dudó de su propia intuición y calló.

Éliane prosiguió su trabajo. Camille, por la separación entre dos tablas, vio en el patio el coche cargado con maletas y paquetes. Inclinado sobre la manivela, Chevasson intentaba, sin éxito, poner en marcha el motor. Camille, bruscamente, retrocedió: Yvette, protegiéndose los ojos con la mano, había mirado hacia ella, el calado de los tabiques, la penumbra del despacho; no podía ver a nadie ni nada, pero había tanto desafío, tanta altivez teatral (de mal teatro, provinciano, aficionado) en su actitud, que Camille quedó desagradablemente sorprendida.

—¡Bueno, y esa manivela! —gritó Yvette.

La hija de los Chevasson, con una gran muñeca en los brazos, estaba sentada en la escalera; su hermano saltó a su lado y le pellizcó la mejilla; la niña se quejó.

—Despedirte por un malestar de nada no es humano —dijo Yvette.

La frase se dirigía a su marido, que se atareaba con la manivela, pero, sin embargo, no le miraba, tenía los ojos y la barbilla dirigidos hacia el despacho, hablaba con voz de cabaretera, una voz que debe escucharse incluso en la última fila del gallinero, en lo más alto del teatro. La pluma de Éliane seguía repasando cifras.

—Tras tantos años a su servicio, no es humano. Tú dirás lo que quieras, pero tiene mucha cara dura. Le divierte humillar.

El tono de Yvette había evolucionado hacia los acentos de la comedia arrabalera. Pero la comedia no divertía a Camille.

—¡Y yo la consideraba una amiga! —clamó Yvette.

¿Fue la palabra o el tono? Éliane dejó caer su pluma; se levantó. Chevasson, con una mano en los riñones, se había vuelto hacia su mujer.

—Calla de una vez.

—Digo lo que tengo que decir.

Yvette no gritaba, no lo necesitaba: su voz llegaba a todas partes con absoluta naturalidad.

—No se lo llevará al paraíso. La falta de amor nunca da suerte. Es la peor de las enfermedades.

Éliane pasó lentamente junto a Camille, apareció en el umbral del despacho, a plena luz. Yvette se turbó unos instantes, ebria de vitalidad, grotesca bajo su sombrero de flores. Pero tenía un instinto infalible: advirtió, sin saber exactamente cómo, que había dado en el blanco.

—Puede usted darse tantos aires como quiera. —Sus erres se hacían guturales mientras su marido daba vueltas a la manivela con redoblado ardor—. Lo cierto es que aquí nadie la quiere. Incluso los árboles, si fueran sinceros, dejarían de crecer. La compadezco, señora, el resto de su vida no será muy hermoso. Todo el mundo va a abandonarla. La falta de amor huele mal, impide respirar.

El coche se puso en marcha, Chevasson, con la manivela en la mano, intentó sujetar a su mujer por el codo, arrastrarla, lograr que se callara, pero ella se resistió obligándole a soltarla.

—Raymond vivirá muy feliz cuando esté lejos, no lo dude. ¿Verdad, Raymond?

Camille hubiera querido acercarse a Éliane, cogerla del brazo, ayudarla a enfrentarse con los insultos, con aquella increíble maldad. No lo hizo. Éliane nunca había necesitado a nadie para plantar cara. ¿Por qué no contestaba?

—Y sustituirlo por un indígena no va a mejorar las cosas —seguía Yvette, clavando su mirada de trágica arrabalera en Kim, que atónito por el espectáculo permanecía en el patio.

Como desplazándose por un escenario, Yvette dio tres artificiosos pasos, imitó los gestos de una gallina clueca para llevar a su progenie hacia el coche, levantó una mano enguantada en blonda rosa.

—Adiós, señora. ¡Ah, da usted muy bien el pego! No cabe duda de que es usted hermosa.

Camille contempló el perfil de su madre a la violenta luz del mediodía. Sí, era hermosa. Nunca era tan hermosa como cuando se la sorprendía. Recordó el día en que, sorprendida en la cocina de la casa del servicio, había confesado estar enamorada.

—Pero le diré una cosa: no es bello ser tan hermosa cuando no se tiene belleza. —Y, de un pescozón, Yvette puso a su marido al volante del coche—. Vamos, sube Raymond, aquí no tenemos nada que hacer. Se nota.

Y, fortalecida por su triunfo (allí, en lo más alto del teatro, un público imaginario aplaudía hasta romperse las manos ante la derrota de la «burguesa»), Yvette se arregló los pliegues de la falda y, antes de sentarse ante Raymond, lanzó una última puñalada:

—A sus pies.

Chevasson arrancó enseguida. Camille tomó la mano de Éliane y la estrechó con fuerza para expulsar la rareza de aquella sensación: tras aquella escena, odiosa y vulgar, se ocultaba una lección. Una lección que, de pronto, apareció ante sus ojos: «Nunca permitiré que me acusen de haber carecido de amor.» Luego, con tanta rapidez como había aparecido, la «lección» desapareció.

5

Un grito brutal, desgarrador, logró que Asselin redujera su paso. Recorría el pasillo que llevaba a su despacho. Estuvo a punto de entrar en la celda donde torturaban a un sospechoso, algún coolie denunciado por un chivato; había apenas una posibilidad sobre diez de que el campesino estuviera al corriente de algo, apenas una sobre cien de que fuera comunista o, sencillamente, culpable de algo salvo de haberle caído mal al chivato. Era la ley del oficio: el chivato arreglaba sus cuentas; la Policía tenía que componérselas. Un agente se cruzó con Asselin.

—¿A cuántos has fichado desde esta mañana?

—A ciento ochenta y dos, señor director.

—La media es un comunista por cada cien arrestos. ¡Será un montón de gente, pero no cederé!

La mesa de su despacho era un enorme cajón de sastre. A Asselin el decorado le importaba un pepino. Pasaba allí la mayor parte de su vida, allí y en su mesa del Continental. En un rincón, una litera de campaña donde dormía la mayoría de las noches, con un sueño pesado y breve. Una puerta entreabierta daba a un cuarto de baño. Entre los armarios metálicos donde se archivaban los expedientes, colocadas no importa dónde ni cómo, había estatuillas chinas de gran valor en el inestable equilibrio de un perpetuo cambio; algunas se hallaban sobre montones de papeles arrojados de cualquier modo en la gran mesa, entre libros abiertos, mapas entreabiertos y una tetera. Otros mapas, organigramas compartían las paredes con pinturas chinas, tintas y aguadas. En el techo, un viejo ventilador de cobrizas palas hacía ya mucho tiempo que no giraba.

Asselin fue a cerrar la ventana por la que entraba el estruendo de los camiones que llegaban, maniobraban y partían tras haber depositado su carga de sospechosos. Algunos policías annamitas los agrupaban en silenciosos y dóciles rebaños. Asselin entró en el despacho contiguo al suyo. Un joven flaco y pálido escribía a máquina, sólo con el índice. Se levantó precipitadamente para saludar a Asselin.

—Buenos días, señor director. Soy el inspector Perrot. Formo parte del contingente de refuerzo.

Asselin, con la barbilla, señaló al prisionero que estaba de pie, con las esposas en las muñecas, en el centro de la sala.

—¿Qué has sacado de él?

Perrot hizo una mueca de impotencia.

—Quítale las esposas.

El joven policía obedeció. El prisionero permaneció en la misma posición, inmóvil y mudo. Asselin se le acercó.

—Tu padre ha venido a verme esta mañana.

Había hablado en un tono familiar, casi benevolente. El indochino levantó los ojos. Una mirada intensa.

—Al parecer, has sido siempre un hijo respetuoso —prosiguió Asselin—. Rebelarte contra las autoridades es tan grave como rebelarte contra tu padre y el alma de tus antepasados.

No ponía en sus frases amenaza ni solemnidad alguna; enunciaba un hecho, indudable, en un tono algo triste, algo cansado. El prisionero apartó los ojos. Parecía más pequeño aún, más flaco junto a la poderosa humanidad del director de la Policía. La evocación de su padre, el tono de Asselin le cogieron por sorpresa. Ahora se cerraba de nuevo.

De pronto —el gesto fue mucho más terrorífico al ser imprevisible—, Asselin le agarró por las solapas y le levantó del suelo.

—Perrot: cuando lo suelte, golpeas. ¿Listo?

Asselin abrió las manos. Los pies del prisionero hicieron un ruido blando al tocar el suelo de madera. Perrot le abofeteó.

—¡Flojo! —dijo Asselin.

Incómodo —¿por el bofetón o por el reproche?— el joven policía se frotaba la nariz.

—Pero estás comenzando. Tendrás otra oportunidad. Los que son demasiado sensibles regresan a la metrópoli. —Y luego, recuperando el tono bonachón del principio, Asselin le explicó al prisionero—: Lo sé todo de ti, Kao. Volverás a tus reuniones de cédula. Nada habrá cambiado. Salvo que cada semana me harás llegar un informe...

Canturreando, fingió recapitular:

—Estamos... a 16. Espero tu primer informe para el 24. Si no lo tengo, el 25 estarás en el penal de Poulo-Condore. Con tu padre y tus dos hermanos. —Puso su manaza en el hombro de Kao, le empujó hacia la puerta—. ¿De acuerdo?

Le tendió la mano. Kao vaciló y luego tendió la suya, una fina manita que desapareció por completo en el gran puño de Asselin.

Cuando Kao hubo salido del despacho, Asselin se volvió hacia el joven Perrot.

—Lo malo de luchar aquí contra los rojos es que son clandestinos y siempre están en movimiento. El marxismo trotamundos.

Acarició la cabeza de un Buda de madera pintada que se mantenía en equilibrio sobre un montón de expedientes.

—En Francia es mucho más fácil: son obreros muy bocazas y comodones.

Perrot contuvo —mal— un movimiento de retroceso cuando Asselin le palmeó la mejilla recitando:

—Perrot Dominique, nacido en Tour Coing el 2 de septiembre de 1906, soltero... Defectos: nerviosismo, poco sentido moral.

Perrot parpadeó varias veces ante la mirada apagada, indescifrable, de Asselin, que acarició por última vez su mejilla y sonrió.

—Aquí, eso son virtudes.

6

Jean-Baptiste había aceptado el desafío.

Junto a él, sus armas: un cuaderno, tinta, una pluma.

El adversario: una vieja china.

Sus armas: un ábaco.

En torno al mostrador, el público: media docena de chinos y algunos annamitas sonrientes, concentrados.

La palestra: un bazar, balas de tejido, vajilla variada, Budas de yeso.

El lugar: un barrio popular de Saigón, donde casi cada casa era un comercio.

A un centenar de metros, una encrucijada separaba la ciudad blanca de la ciudad annamita.

El árbitro ofreció a la vieja china y a Jean-Baptiste dos números de cuatro cifras.

Tras un signo de cabeza, comenzó el encuentro. Ambos adversarios se apoderaron de sus respectivas armas: el ábaco, la pluma.

La pluma apenas había trazado la primera línea de la multiplicación cuando el ábaco había concluido. Y el resultado era el correcto.

Jean-Baptiste abrió los brazos en señal de rendición. La china sonrió, dijo algunas palabras al árbitro annamita, que tradujo:

—Dice que usted nunca le ganará. Quiere enseñarle el cálculo chino.

Jean-Baptiste acudía cada vez con más frecuencia al Saigón annamita. Ya no temía que «el Asia eterna se apoderara de su cabeza». Tal vez se sintiera más fuerte o tal vez, sencillamente, era ya demasiado tarde. No intentaba aclarar sus sentimientos: no deseaba saber demasiado sobre sí mismo, sobre aquel Jean-Baptiste nuevo, distinto, que de vez en cuando sentía aparecer. No debía forzar nada. Sólo se había desembarazado a medias de su antigua piel e ignoraba si su amor por Éliane caería, también, como algo muerto, o si se hallaba en la base de su cambio. Se esforzaba mucho en no pensar nunca en Éliane. Naturalmente, esa aplicación era también pensar en ella. Actuaba aplicadamente como un oficial, rígido y preciso en la cubierta de su cañonera. Aplicadamente, acompañaba a Charles-Henri a los tugurios. Jugaba y perdía aplicadamente su salario; elegía, aplicadamente, la primera congay que le caía en las manos. Lo único natural en él eran sus paseos por los barrios indígenas, las conversaciones que mantenía con los asiáticos o, por ejemplo, ese concurso de multiplicación contra la vieja china y la ordinaria magia de su ábaco. Nunca se le ocurría que aquél era un modo de conocer a Éliane, a destiempo. Desde su infancia, desde cierta mano de mujer en la portezuela de un fiacre, ciertos gritos en la alcoba de sus padres, Jean-Baptiste había aprendido a rechazar las preguntas más insistentes, porque duelen.

Advirtió que ni la vieja china ni sus amigos sonreían ya. Miraban hacia la calle en la que un rumor de grupo en marcha había apagado los ruidos de la vida cotidiana.

Los coolies eran una treintena. Mal vestidos, con la cabeza y los hombros inclinados, avanzaban en fila, atados de dos en dos; las ligaduras les mantenían las manos a la espalda. Se comprendía enseguida que hacía varios días que no comían ni dormían. Algunos cojeaban, otros, agotados, arrastraban los pies. Jean-Baptiste adivinó que les habían pegado, y sintió vergüenza. Decididamente, don Juan de Austria y la batalla de Lepanto estaban muy lejos de aquí, donde las batallas no llevaban nombre de batalla, eran solapadas, policiales. Guardias indochinos, con el fusil en bandolera, enmarcaban la columna de prisioneros, al mando de un joven polizonte recién llegado, el inspector Perrot. Volvieron la esquina dejando a sus espaldas una pequeña muchedumbre silenciosa y Jean-Baptiste se sintió de más, más que extranjero en aquel bazar annamita.

La siguiente calle era menos comercial, más tranquila. A lo lejos, no se sabía dónde, se aproximaba una canción de claras e infantiles voces. Era una canción fresca, alegre, un canto de marcha, y para los escasos viandantes eso hacía más tristes, más lamentables los rostros de los coolies prisioneros, cuyo paso —¿era efecto del ritmo o pura coincidencia?— parecía unirse, irrisorio, al coro de voces infantiles. En la esquina, ambos grupos se encontraron.

Eran parecidos por su número, una treintena, y por la colocación en filas de a dos. Pero todo los separaba. Las muchachas, vestidas con los colores azul marino y blanco de su colegio religioso, llevaban la cabeza erguida, estaban tan alegres y limpias como abrumados y harapientos los prisioneros. Todas eran blancas, muchas eran rubias, salvo una, que no por ello se sentía menos ingenuamente orgullosa, despreocupada, egoísta: Camille.

Cuando ambos cortejos estuvieron a punto

de cruzarse, se produjo un curioso fenómeno: las muchachas de cabeza callaron. Y el canto se interrumpió así, paulatinamente, hasta que sólo quedaron las voces de las monjas, flaco concierto, enmarcando a las alumnas. Luego ambos cortejos se detuvieron uno al lado del otro y, durante unos y reales segundos, sólo cantó la última monja que seguía a las muchachas. Cuando, tras una nota alta como un grito, calló a su vez, hubo un extraño momento de espera. Las muchachas miraban a los prisioneros, que, por su parte, no las miraban.

Perrot fue el primero en reaccionar. Lanzó una orden, recorrió las hileras de coolies, cuidando de volver la espalda a las jóvenes internas. El convoy de prisioneros volvió a ponerse en marcha, azuzado por los guardias, desfiló cabizbajo ante las adolescentes.

Entonces se produjo el incidente.

De pronto, dos coolies escaparon de su fila. Habían logrado desatarse. Se lanzaron entre las muchachas, precario refugio. Entonces las chicas aullaron, sus hileras se deshicieron desordenadamente, unas corrían hacia delante, otras giraban sobre sí mismas, varias se empujaban, cercadas por los enloquecidos gestos de sus guardias con hábito y toca.

Todo ocurrió muy deprisa.

Perrot lanzó un disparo al aire. Que tuvo un doble y contradictorio efecto: las adolescentes gritaron, corrieron y se agitaron más aún, en una confusión de azul, blanco y rubio; uno de los fugitivos se detuvo en seco, levantó las manos, se arrodilló.

El otro, molestado por la desbandada, intentaba abrirse camino. Sus gestos tenían la inofensiva violencia de las pantomimas: se trataba de huir, enseguida, ¿pero cómo atreverse a tocar a aquellas hijas de colonos? Perrot disparó otra vez al aire. Entonces, Camille acababa de escapar de los brazos de sor Marie y sólo pensaba en una cosa, correr hacia la primera casa, que estaba a pocos metros. Un guardia se echó el fusil a la cara, con ambos pies bien plantados en el suelo, apuntó a la espalda del fugitivo, que con los brazos abiertos iba a chocar con Camille, y apretó el gatillo.

Con las manos levantadas, ofrecidas, y la boca abierta, el prisionero dio un saltito hacia delante, como si hubiera recibido un golpe violento, y derribó a Camille. Cayeron juntos, el hombre encima, la muchacha debajo. No se movía. La sangre comenzó a correr entre los hombros del coolie. Perrot, dando a gritos rápidas órdenes que parecían ladridos, hizo que todo el cortejo de prisioneros se arrodillara bajo la amenaza de los fusiles. Algunos ociosos se asomaban por la esquina de la calle. Curiosos pero prudentes, no se aproximaban demasiado. Jean-Baptiste los apartó. Corría. Vio al joven polizonte, pálido con el revólver temblando en su mano, a los arrodillados coolies, con las manos en la cabeza, a las monjas que sujetaban su toca con la palma de la mano, a las chiquillas de azul y blanco acurrucadas contra los muros de madera de las casas. Vio la espalda de un hombre ensangrentado, caído de través sobre una muchacha.

Ella se había desmayado, tal vez estuviera herida. En su blusa blanca crecía una mancha roja. Jean-Baptiste echó hacia un lado al coolie, muerto, con los ojos abiertos y fijos. La muchacha tenía los ojos cerrados. Jean-Baptiste posó la mano en su cuello: respiraba, el corazón latía. Posó un brazo bajo sus hombros y el otro bajo sus rodillas, le pareció ligera. Una beldad rubia, rosada y mofletuda como un retrato flamenco, se abalanzó sobre ella.

—¡Camille! ¡Camille! ¡Dios mío, está muerta!

—Tranquilícese, déjela. —Razonaba con sangre fría, hablaba con autoridad. Una ojeada le permitió descubrir una toca—. ¡Hermana!

Sor Marie corrió hacia Jean-Baptiste, que sin aguardarla, llevaba a Camille hacia el otro extremo de la calle.

—¡Reúna a sus alumnas y lárguense al colegio! Yo me ocupo de ella. —¡Actúe!

Sumisa, Sor Marie dio media vuelta, levantando ya sus recogedoras manos hacia el joven y tembloroso rebaño. La vieja china del ábaco llamó a Jean-Baptiste:

—¡Señor oficial! ¡Usted venir! ¡Mí ayudar!

Entró en el bazar con la joven desvanecida en los brazos. La anciana china sacó rápidamente las cajas que llenaban un mostrador, puso en él una estera. Jean-Baptiste tendió a Camille en la improvisada yacija. Cuando se irguió, su chaqueta estaba manchada de sangre. La anciana, moviendo la cabeza, desapareció tras una cortina.

Jean-Baptiste contempló a la muchacha tendida. La reconoció enseguida cuando había apartado el cuerpo del prisionero. Camille. La hija adoptiva de Éliane. No tuvo tiempo para pensar en los azares del destino. Se sentó junto al mostrador bajo y abrió la blusa de Camille. Debajo, la combinación de fino encaje estaba también manchada de sangre. Con los dedos tendidos hacia aquel pecho delgado, como un cirujano o un magnetizador, dudaba. Temía desnudarla. Y no sólo por la herida que temía descubrir.

La anciana china apareció de nuevo; traía un

par de tijeras, tela y una jofaina de agua. La oyó gritar en annamita para que los curiosos amontonados ante la puerta se apartaran, luego la cerró.

Jean-Baptiste tomó las tijeras. Cortó con precaución la combinación de Camille. El encaje se abrió sin hacer ruido. Mojó la tela. Limpió la sangre. Era la sangre del prisionero; en el pecho de Camille no había huella ni de un simple arañazo.

Los cabellos de la muchacha, sueltos como al despertar de un profundo sueño, la hacían más mujer. O tal vez fuera su respiración, aquel pecho que se levantaba; estaba desnuda hasta la cintura.

Jean-Baptiste no se sentía ya inquieto: la muchacha estaba sana y salva. Todos los gestos para socorrerla (tomarla en sus brazos, tenderla, abrir su blusa, cortar la combinación de encaje, pasear delicadamente la tela por su pecho y su vientre) cambiaron repentinamente de sentido. Era hermosa y estaba desnuda. Entregada. Le puso las dos manos en su cintura, las hizo resbalar hasta su espalda, la estrechó contra sí; la blusa cayó por sí sola, descubrió sus hombros —hombros de mujer—. La abrazó dulcemente. Sus rostros se rozaban cuando la muchacha abrió sus ojos.

Murmuró como una pregunta:

—¿Estoy viva?

Tenía miedo todavía. Temblaba. Jean-Baptiste se sintió, de pronto, dispuesto a protegerla de todo, siempre, en todas partes. Era ridículo, era insensato. Le acarició los hombros, la espalda, el cuello, el rostro. Una niña. Recordó su propia infancia, cómo arrastraba siempre a los demás a fantasiosas aventuras, cómo sabía convencerlos y tranquilizarlos cuando tenían miedo o se habían hecho daño.

Camille, entre sus manos, se tranquilizó. Su piel era increíblemente suave.

—He sentido correr sobre mí la sangre —explicó—. He querido gritar... he querido abrir los ojos pero ya no podía. He creído que estaba muerta y que la muerte era así... Usted me ha cogido en brazos, mi cuerpo no me obedecía pero mi alma seguía viviendo. Estaba con usted. —Apartó un poco los hombros para mirarle a la cara—. Me ha salvado usted la vida.

Ya no tenía miedo de nada. Abandonó su cabeza en el hombro de Jean-Baptiste. Como hacía, diez años antes, con sus hermanas, sus hermanos más jóvenes, cuando se habían lastimado una rodilla, cuando temían una prueba que les habían impuesto (escalar una roca o un árbol, cruzar un torrente, correr contra la marea que subía), él la mantuvo apretada contra su pecho, con la calma sensación de transmitirle su fuerza.

Luego lenta, ceremoniosamente casi, la tendió en la estera y se irguió.

La muchacha le tomó la mano, se la llevó a los labios y se la besó.

Jean-Baptiste, niño caballeresco y loco, sólo vio en ello la señal del apaciguamiento y el consuelo. Camille, por su parte, acababa de vivir su primera escena de amor.

7

El domingo siguiente, Éliane y su padre vieron llegar una Camille distinta. Caminaba más tranquilamente, no se estremecía ya, de pronto, como hacen los niños dominados por su excesiva vitalidad, ni corría, bailaba o saltaba tras un sueño rápido y claro como una estrella. Se había producido el incidente de Saigón, la evasión frustrada, habían avisado a Éliane, la madre superiora había telefoneado en persona, había hablado mucho rato sin dar, pese a todo, ningún detalle preciso de lo que había ocurrido, repitiendo: «Nuestra Camille es fuerte. Pero deberemos mostrarnos pacientes con ella durante algún tiempo.» Éliane estaba de acuerdo en mostrarse paciente; su hija contaba para ella no «más que todo en el mundo» sino como todo lo del mundo, y el mundo de Éliane, recapitulado en su hija, era la juventud, ese país (el cielo, las montañas, un río, un pueblo), la perennidad. Éliane no dudaba tampoco de que su hija era «fuerte»: ¿acaso no había hecho todo lo posible para que se pareciera a lo que ella era ahora, para ahorrarle de antemano sus errores, la pasión inútil y la pena? La había llevado a aquella escuela católica porque aquél era el lugar de la hija de Éliane Devries y con la seguridad de que allí la protegerían. Éliane no habría admitido nunca que si ella era esa mujer tan respetada, y a veces temida, fuera, precisamente, por las heridas que había recibido de lleno.

La cena transcurrió en silencio. Un observador hubiera creído asistir a un tranquilo momento de intimidad entre el abuelo, la madre y la hija. Sin embargo, algunos detalles habrían podido alertarle: Camille no había tocado su plato; Éliane la observaba insistentemente; el propio Devries lanzaba miradas cada vez más frecuentes, perplejas, hacia la muchacha. Ésta había bajado la frente, no soportaba la inquieta atención de su madre, no se enfrentaría a la pregunta que forzosamente le haría. Se levantó de la mesa y, sin decir palabra, salió corriendo de la estancia.

Devries posó la punta de sus dedos en la muñeca de su hija.

—Déjala...

Éliane no respondió, dobló su servilleta, la arrojó sobre la mesa y fue en busca de Camille.

Llovía. Éliane cruzó la terraza, bajó a la penumbra del saloncito de verano, donde adivinó la silueta de la muchacha. Al principio, no encontró nada que decir y encendió una lámpara de petróleo. La mecha dio una claridad mortecina, Éliane la cubrió con el aflautado cristal, abrió la llave: la luz se hizo amarillenta, blanca luego, e iluminó el rostro de Camille, bañado en lágrimas.

—¿Qué te pasa?

Éliane se sentía estupefacta. Camille no había llorado nunca. Ni siquiera en los funerales de sus padres.

—¿Pero qué tienes? ¿Es grave?

Camille, con la garganta atenazada por los sollozos, no podía responderle. Éliane se sentó a su lado, la tomó por los hombros.

—¿Es grave? —repitió.

Camille cogió la mano de su madre. Procuraba recuperar la respiración, el control de sí misma. Éliane la sintió temblar contra su pecho.

—Mamá, no puedo casarme con Tanh.

Sólo era eso. Éliane sonrió. Una simple historia de muchacha. El miedo a entrar en una nueva vida. Delicadamente, con divertida benevolencia, le acarició la mejilla.

—Amo a otro hombre.

Los dedos de Éliane se apartaron de la cara

de la niña. Otro hombre. Éliane imaginó un adolescente, se preguntó cómo se habrían encontrado. Algunos rostros conocidos se entremezclaron en su imaginación.

—Me salvó la vida —dijo Camille—. Le amo. —Se arrojó contra su madre, la abrazó, ocultó el rostro en su pecho—. Ayúdame, mamá... te lo suplico...

Maquinalmente, Éliane le acarició los cabellos. El incidente de Saigón. Lo que la madre superiora había conseguido mantener borroso. Había un hombre. La palabra borró las imágenes de adolescentes, inofensivas, y le dejó una impresión brutal, peligrosa. Le había salvado la vida. Bueno...

—Tranquilízate, Camille... Hijita mía... Voy a ayudarte, te lo prometo. —Tomándola con suavidad por la barbilla, le obligó a levantar el rostro lleno de lágrimas—. ¿De quién se trata?

—Si no me caso con él, me moriré.

Aquella determinación, que el rostro deshecho y los párpados hinchados contradecían, impresionó mucho a Éliane. En voz baja, preguntó:

—¿Pero quién es?

Camille se secó los ojos, miró de frente a su madre:

—Es el oficial que me ha salvado.

Y el hombre, el oficial, adquirió enseguida un rostro en la imaginación de Éliane. De modo que no se sorprendió, cuando, al cabo de un rato, Camille declaró, confirmando lo imposible:

—Se llama Jean-Baptiste.

Éliane atrajo violentamente hacia sí a Camille y estrechó aquel rostro contra su pecho. Era un reflejo de defensa. La primera vez que uno de sus gestos maternales mentía. Camille no debía mirarla, no debía adivinar aquella especie de vértigo en el que se mezclaban el despecho, los celos, la incredulidad, un dolor inconfesable. Tenía que resistir. Necesitó algunos segundos para ser de nuevo la madre de Camille, su confidente y su apoyo. Y nada más, nada turbio o inadmisible.

Advirtió que su hija se relajaba entre sus brazos.

—¿Y él? —preguntó Éliane con voz neutra a fuerza de controlarse—. ¿Te ama él?

—Me amará. Estoy segura.

Había tantas respuestas posibles. Camille había elegido la más loca. Pero también una respuesta «Devries»: tendré lo que quiero, estoy dispuesta a combatir por lo que amo, por aquel a quien amo.

—¿Cómo puedes estar segura?

Camille se había tranquilizado. Una imperceptible sonrisa distendió su boca, la sonrisa algo condescendiente de los jóvenes que deben explicar la vida a los adultos.

—No puedes comprenderlo... Nadie puede comprenderlo. Está siempre ahí. Me habla. Me sonríe. Me lleva, me coge en sus brazos. Mi vida es suya.

Ya no se movían. Estaban frente a frente. El tiempo se había detenido.

8

En Indochina no hay abetos. Habían decorado una palmera: guirnaldas, bolas, estrellas,
velas, brillos de escarcha y de cristal. Cabellos de
ángel flotaban en la cálida brisa vespertina.

En la región, sólo los enfermos y moribun-
dos se perdían la Navidad que organizaban los
Devries. Era un dicho local. De hecho, Éliane
invitaba a sus amigos más próximos, a algunos
jefes de la plantación y a los más representativos
notables. Algunos no se consideraban (¡y con
qué alivio!) «notables confirmados» hasta recibir la invitación de los Devries.

La recepción se desarrollaba como todas las
recepciones de una Navidad de los tópicos. Se
bromeaba sobre el aspecto de la palmera coro-
nada de guirnaldas, y el primer tema de conversación podía desplegar sus clichés, sus nostal-
gias, sus anécdotas: ¡Ah!, las nevadas de Épinal

(o de Lille, de Clermont-Ferrand, de Nantes, de Marsella incluso: «En 1927, la Kamebière era un verdadero Mont-Blanc. Diles tú si exagero, Marthe»), el milagro de las naranjas regaladas a los niños, las competiciones de trineos, las batallas de bolas de nieve y el paso susurrante, ensordecido, como en un sueño, de los fiacres y los caballos. Se palmeaba la cabeza de los niños nacidos «en la colonia» y se les prometía: «Ya verás, algún día te llevaré a ver la nieve.» A medida que iban llegando los invitados (las esposas inspeccionando con mirada rápida el atavío de las demás esposas, los maridos estrechando la mano a los otros maridos), se abandonaban los recuerdos y las fábulas de blancas Navidades para discutir de cosas serias, salud y dinero, política, comadreos y rumores. Se reunían en efímeros círculos, alrededor del círculo más reducido de las copas; las carcajadas seguían a las voces. Lámparas de petróleo, como unas bambalinas, delimitaban el espacio de la terraza, de la gran escalinata de piedra y de un trozo de césped.

Mientras, en la cocina, Shen, la encargada de las sirvientas, vigilaba la cocción de los patos asados, relucientes de grasa. Los boys y las sirvientas danzaban un ballet de confusa apariencia, al ritmo de sus órdenes secas como chasquidos de dedos. Corrían, se enojaban, se empujaban, molían café, removían el caramelo, preparaban las fuentes, rompían platos, todo olía a azúcar hirviente, a aceite caliente y a especias, en una confusión de llamadas, gritos, choques, líquidos que chisporroteaban o bullían. Cuando Éliane entró, el tumulto se apaciguó por un instante. Una sirvienta, con el plato en la mano, se había dado de bruces con la patrona y permanecía allí, helada.

—Date prisa —le urgió Éliane—; si te quedas plantada ahí, todo va a fundirse.

La sirvienta dio un respingo, estuvo a punto de soltar el plato y el jaleo comenzó de nuevo mientras Éliane, esbozando gestos de agente de policía, se empeñaba en controlarlo: «Tú haz eso; y tú aquello; y tú ¿estás dormido? Vamos, vamos, más deprisa.» Entre los bastidores del festín, Éliane dirigía la escena.

Fuera, en la terraza, Camille y su amiga Charlotte dominaban la escalera de piedra y el césped por el que iban y venían la mayoría de los invitados, indolentes, risueños, enternecidos por la suavidad de la tarde y aquella fiesta infantil, francesa, que les haría olvidar por unas horas sus preocupaciones indochinas: las revueltas nacionalistas, el ascenso del comunismo, el asesinato del mandarín, el incendio de la factoría Devries. Por lo demás, sólo se decían frases anodinas ante el señor director de la Policía; no es

que le evitaran a propósito, pero: «¡Oh, perdóneme, Asselin, mi amigo Lebel me está llamando, hace mucho tiempo que no nos hemos
visto.» Con una maquinal rotación de la muñeca, Asselin hacía girar el hielo en su vaso y observaba a aquellos notables que no querían ver,
ni oír, ni hablar de la realidad.

Por su parte, Camille y Charlotte, desde lo
alto de la terraza, observaban los blancos uniformes de los oficiales de marina que entraban
en la luz de las lámparas de petróleo. Camille,
vestida de blanco y con los cabellos recogidos en
un moño sobre la nuca, estaba resplandeciente y
nerviosa. Sobre el césped apareció el almirante,
escoltado por tres oficiales en uniforme de gala;
Éliane salió a su encuentro.

—No está —dijo Camille—. Ya no vendrá.

Charlotte, el rosado y rubio palmito flamenco, la tranquilizó:

—Claro que va a venir... llegará en el último momento, para que todo el mundo le vea.
—Giró la cabeza a derecha e izquierda, con aire
de conspiradora, y afirmó riendo—: Estoy segura de que se ha escondido en alguna parte y te
está mirando.

Camille aguardó el mayor tiempo posible.
Todos los invitados y Charlotte se habían instalado en el comedor, donde se habían dispuesto

varias mesas. Éliane tuvo que ir a buscarla, la cogió por los hombros.

—¿Camille? Todo el mundo se ha sentado ya a la mesa.

Camille no pronunció una palabra en toda la cena. A veces, levantaba la mirada hacia la puerta de la estancia: él aparecería y todo iría bien. Un joven flamenco, hijo de notario, sentado frente a ella, le preguntó qué regalo quería para Navidad. Estuvo a punto de contestar: «Quiero a Jean-Baptiste», pero era demasiado tonto, con sus grasientos labios, para merecer aquel secreto. Aguantó su mirada sin decir una sola palabra, hasta que él se ruborizó y dirigió la nariz a su plato.

Por fin llegaron los postres: bizcochos con pequeños papás Noel de azúcar rojo. Los criados pasaron entre las mesas, ofreciendo los pasteles ante las exclamaciones de los invitados.

—¡Bizcochos de Navidad, como en Francia! ¡Esto está muy bien!

—¡Y créanme, no es barato!

La presentación del postre era sólo el preludio de lo mejor de la velada: Devries, soberano, muy elegante, hizo una entrada de pachá abanicado por Hoa, su congay. El rumor creció, dos damas, algo ebrias, aplaudieron. Mientras, Devries y su hermoso ventilador avanzaban por entre las mesas. Llegaron a una mesita en la que reposaba un misterioso objeto cubierto por un velo. Asselin se unió entonces a Devries. Se dirigieron una mirada cómplice, se aseguraron de que eran el centro de la atención general y, luego, con un gesto teatral, acompasado, de subprefecto en una ceremonia inaugural, tomaron cada uno un extremo del velo y lo levantaron, descubriendo el misterio: un espléndido fonógrafo de bocina. La concurrencia los aclamó.

Éliane, radiante, puso tiernamente la mano en la de su hija. El rostro de Camille siguió inexpresivo. Devries, con infinitas precauciones, colocó un disco en el plato. Éliane apretó la mano de Camille.

—¿Vienes?

La muchacha negó con la cabeza.

—Vamos, ven...

Éliane estaba de pie, y Camille tuvo que ceder. Ambas mujeres, con los dedos entrelazados, se dirigieron hacia una pequeña pista de baile dispuesta al otro extremo del salón.

Devries colocó el brazo del fonógrafo en el primer surco del disco. Éliane y Camille se colocaron una frente a la otra; con un brazo redondeado y rígido, Éliane rodeó la cintura de su hija; Camille posó los dedos de su mano izquierda en el hombro de su madre. De la bocina brotaron los primeros compases de un tango. Éliane esbozó un paso, arrastró a Camille.

Había transcurrido mucho tiempo desde los desastrosos ensayos que terminaban a carcajadas, a juzgar por la agilidad sensual, casi lánguida, de las figuras que encadenaban con facilidad ante los ojos de un público que se quedó encantado. Hasta el aire grave y huraño de Camille parecía una representación teatral que imitaba con humor la solemne flema de los bailarines de Buenos Aires. Se formaron otras parejas, que se mezclaron en la representación, mientras Devries, señalando el fonógrafo, azuzaba a Hoa:

—Abanica, abanica... El calor hará que el disco se funda, no está hecho para nuestro país...

En aquel momento, Camille se relajó, sonrió, y Éliane pensó que todo iba a ser como antes, que su hija no la abandonaría, que pasarían toda la vida así, muy cerca la una de la otra, Éliane dirigiendo sus pasos conjuntados; que lo demás eran naderías, una prueba, como un rito de paso que superaban juntas. Se inclinó al oído de Camille:

—Tengo ganas de estar sola contigo, en una casita rodeada de nieve, con el humo saliendo del techo, como en los cuentos de hadas.

Era una declaración de amor. Habría podido murmurar las mismas palabras al oído de Jean-Baptiste. No tuvo conciencia clara de ello, pero añadió, como habría podido hacer cualquier otra madre:

—Algún día, iremos a ver la nieve...

Sí, algún día irían a ver la nieve, a visitar Europa, viajarían juntas. Había consagrado demasiado tiempo y fuerzas a la plantación; y no lo bastante a su hija. Émile, ayudado por Kim, que prometía ser un administrador mucho mejor que Chevasson, se encargaría de los asuntos diarios durante algunas semanas o algunos meses. Ellas cogerían barcos, trenes, taxis, se alojarían en hoteles, podrían conocerse mejor ahora que Camille era ya una mujer. Iba a anunciarle su decisión, sus proyectos, se marcharían en febrero, por ejemplo, el tiempo justo para preparar el viaje.

Camille se sobresaltó.

Éliane no lo advirtió, pero su hija dio un paso más, perdió el compás. Se disponía a bromear: «¿Qué pasa? ¿A ver si me pisas?», y vio la mirada de Camille, brillante, fija en un punto a su espalda. Durante la siguiente figura, Éliane, con el corazón palpitante de aprensión, se encontró frente a la puerta: allí estaba él, inmóvil en lo alto de los tres peldaños, parecía buscar a alguien.

Asselin, junto al fonógrafo, también había visto a Jean-Baptiste. Comprendió enseguida la situación. Éliane se le había confiado, confianza que había apreciado particularmente, porque estaba al tanto de todo, y había sabido la relación de Éliane con el teniente de navío y las circunstancias de la frustrada evasión. Reaccionó inmediatamente.

Camille se había liberado de los brazos de su madre. Se lanzaba ya hacia Jean-Baptiste. Las parejas de bailarines le cerraban brutalmente el paso o la empujaban. Asselin llegó al centro de la pista al mismo tiempo que ella, la cogió por la muñeca y la sujetó fuertemente.

—¡Quédate aquí!

Camille intentó escapar. Asselin resistió.

—¡No!

El tango se detuvo, los bailarines vacilantes buscaron el compás de un vals rápido.

—Éste no puedes negármelo —dijo Asselin.

Camille no intentó resistir. Conocía esa falsa suavidad, el arma más persuasiva del director de la Policía. Éliane, a lo lejos, se había reunido ya con Jean-Baptiste.

—Me marcho mañana de Saigón.

—¿A dónde vas?

—A Haiphong.

—Perfecto. Allí hay mar. Podrás descubrir el mundo...

Aquello parecía una ironía pero no lo había

hecho adrede. No tenía intención alguna de enfrentarse con él, de molestarle.

Había querido hacerse cómplice de sus sueños; sin embargo, no estaba dotada para ello.

—No me marcho por propia voluntad —aseguró (y hablaba secamente, «con rencor», pensó Éliane)—. Me trasladan. ¡A petición tuya!

Su voz era baja, precisa, rápida; era peor que si hubiera aullado: «Una mujer decide mi destino.»

—¡Ése es el orden de vuestras colonias!

En la pista, Asselin conducía a Camille en un aturdidor vals.

—Mi hija te ama con locura —le confesó Éliane.

Instintivamente, Jean-Baptiste inclinó hacia ella el rostro, se lo tendió como un sordo que siempre teme haber oído mal.

—¿Cómo?

—O al menos eso cree, lo que viene a ser lo mismo.

Se irguió, abrió las manos sorprendido.

—¡Pero es absurdo! ¡Apenas la conozco!

—No se trata de ti sino de ella. Camille es joven, romántica, exaltada, cree que le has salvado la vida.

Jean-Baptiste había entrado (tras haber dado vueltas y vueltas por las cercanías de la propiedad, ¿para reunir suficiente valor y cólera?) con una sola intención: cantarle las cuarenta a Éliane, demostrarle que él no era uno de esos hombres cuyo destino ella dirigía a su placer. Para decirle a la cara que no la amaba ni la detestaba, o que la amaba y la detestaba, ¿qué importaba? Ya sólo veía en ella a una mujer de las que ponen la mano sobre tu existencia y la dirigen. Por despecho, por celos, por «amor», afirman ellas. Y ahora, en vez de una mujer abandonada, histérica, se encontraba con una madre.

—¡Pero yo no hice nada! Simplemente estaba allí...

Pobre defensa. Estaba contando su encuentro con Camille («simplemente, estaba allí») o su encuentro con Éliane, o cualquier otro encuentro que tiende, entre un hombre y una mujer, ese muro y esa pasarela: se aman.

—Todo eso es puro mal entendido...

Éliane movió tranquilamente la cabeza.

—No podrás resistir, ella es irresistible.

Éliane miró bailar a Camille, que parecía entregada al vals en brazos de Asselin, ya no intentaba ver a Jean-Baptiste.

—He querido salvarla de ti. No deseo que crea que el sufrimiento forma parte del amor.

Jean-Baptiste no daba crédito a sus oídos: aquella mujer (a la que seguía amando, lo sabía perfectamente, y resultaba insoportable), aquella mujer se atrevía a darle lecciones. Y se apartaba ya, como si todo estuviera dicho, como si actuaran en el teatro, se alejaba entre los bailarines y le dejaba allí, inútil, estúpido, simple peripecia superada ya de la contenida novela de su vida. Se lanzó a la muchedumbre de invitados, se abrió brutalmente paso, agarró a Éliane por un brazo.

—¡Salvarla de mí! —Intentó reír con sorna y sólo consiguió una especie de sollozo apagado, aterrorizador—. ¡Quieres vengarte, eso es todo! ¡No soportas la libertad! Te está amenazando...

—Suéltame... —Éliane siguió avanzando como si nada sucediera, porque no quería que sucediera—. Suéltame...

—¡No soportas que los demás vivan!

Asselin y Camille bailaban, el compás se aceleraba, últimos instantes de un dramático ascenso.

—Crees poseer el monopolio de la vida y distribuyes sus migajas de vez en cuando a Camille, a mí, a tus coolies.

Jean-Baptiste gritaba. No podía ya contener su voz, contenerse, debía decir a Éliane todo lo que no le había dicho en el Delage, la noche del diluvio, tenía que hacerle pagar la humillación infligida por Devries en la casa de los fantasmas, necesitaba gritar, de un modo u otro (y no importaba que fuese la peor de las maneras), que la amaba, que le había hecho daño, y que ella le amaba también, que estaban haciéndose daño y no quería reconocerlo.

El vals terminó tras dos alegres compases. Jean-Baptiste no se preocupó del silencio:

—¡Pero es terrible, Éliane, es terrible estar así! ¿Qué quieres? ¿Ahogar a tu hija como te ahogó tu padre? ¡Tratáis a la gente como a vuestros árboles! ¡Los compráis y luego los sangráis hasta vaciarlos!

Los invitados, que vacilaban entre regresar a sus mesas o aguardar en la pista la siguiente melodía, se habían vuelto hacia el alto joven de uniforme blanco que, sí, estaba insultando a Éliane Devries.

—¡Sois rapaces!

En la región se hablará largo tiempo del escándalo de la Navidad de 1930. ¡Una velada tan hermosa, tan conseguida, había incluso un fonógrafo, imaginad! Nadie sabrá gran cosa, se sospechará alguna intriga entre Éliane y el teniente de navío, se hablará, sobre todo, del magistral bofetón que Éliane propinó al joven uniformado en la mejilla, y de las lágrimas («¡Ah! Las vi con mis propios ojos: grandes como huevos de pichón. ¿Qué quieren? Una cosa así humilla...»), las lágrimas del joven oficial y, finalmente, («¡Hacerle eso a una mujer! ¡Es vergonzoso! ¡Aunque se lo merezca!»), el bofetón, igualmente magistral, que él le propinó a su vez.

Ni Éliane ni Jean-Baptiste advirtieron lo que habían hecho. Aturdidos ambos por el golpe, la humillación y la sorpresa, se miraron: era evidente que se amaban; y que, en adelante, entre ellos todo era ya imposible.

—¡Pero se ha vuelto usted completamente loco, Le Guen!

El almirante se había interpuesto. Las aletas de su nariz palpitaban. Hacía meses que cortejaba a Éliane Devries; caballeresco, bien educado, militar aunque no mucho. Y aquel mocoso de teniente de navío estaba a punto de derribarla en público.

—Sígame. ¡De inmediato!

Se recordará —algunas mujeres recordarán— la última mirada entre Éliane y Jean-Baptiste («trágica», dirán las buenas personas; «bestial», comentarán las malas lenguas). Asselin nunca revelará a nadie su propia impresión: él habría aceptado agradecido aquella mirada de Éliane. Jean-Baptiste, sin decir palabra, siguió a su superior. Atravesaron la terraza, bajaron la gran escalinata de piedra.

Allí, antes de poner el pie en el césped, Jean-

Baptiste levantó la cabeza: Camille lo había seguido. Se mantenía en la penumbra de la terraza con las manos en la balaustrada. Interiormente, él le agradeció su audacia. Se sintió traicionado, burlado por Éliane. Camille no era nada para él, sólo una mujer desvanecida, unos pechos de dieciséis años, la suave piel de esa edad, y una pasión infantil capaz de desafiar a su madre y las conveniencias. Le pareció que no podía menos que sonreírle.

La veía mal, a contraluz ante las ventanas brillantemente iluminadas. No supo si sonrió, si temblaba. Sencillamente, tuvo la seguridad de que estarían bien juntos.

9

Una noche, poco antes de las doce, Jean-Baptiste (¿qué edad tendría?, ¿diez años?, ¿doce?) se había despertado en mitad de un sueño. Se había sentado en la cama. Su corazón latía con fuerza; fragmentos de pesadilla flotaban en la oscuridad de la alcoba. Había buscado a tientas la pequeña lámpara de petróleo que su madre ponía en la mesilla cuando venía a desearle buenas noches. Entonces, oyó un ruido de cascos y de coche que se dirigía a la casa por la engravillada avenida. Olvidando su pesadilla y la lámpara, saltó del lecho, apartó la pesada cortina de terciopelo y se apostó en la ventana.

Un fiacre se detuvo ante la escalinata, en la explanada de tierra batida. Se abrió una portezuela, apareció un hombre. Era su padre.

Un detalle absurdo, irrisorio, sorprendió a Jean-Baptiste: su padre no llevaba sombrero. Sin duda, lo había olvidado en el interior del fiacre, y allí, con la cabeza desnuda, dirigía algunas palabras, al parecer, a una mano enguantada de lentejuelas de plata hasta el codo, una mano de mujer que asomaba lánguidamente por el marco de la portezuela. Luego, su padre dio media vuelta; con paso apresurado, se dirigió a la escalinata y salió del campo visual del niño.

Cerrada la puerta de entrada, los pasos se aproximan, suben por la escalera, llegan al rellano del piso, lo atraviesan sin vacilación, pasan ante la puerta de Jean-Baptiste, llegan a un extremo del corredor, hasta la habitación de su madre. El niño abandonó la ventana, se hizo un lío con la cortina de terciopelo y fue a pegar la oreja en la puerta de su habitación.

Voces de sus padres. Las palabras son incomprensibles, sordas, deformadas por la distancia y dos puertas. Pero las palabras son inútiles: sus padres gritan. Soprano, nerviosa; barítono, perentoria. El corazón del niño late cada vez más deprisa. Quisiera que aquello terminara, que no existiera, o que fuera sólo en una pesadilla. Una pesadilla puede acabar. Jean-Baptiste se dijo que podría parar ésta: bastaría con abrir la puerta, correr hacia la habitación de su madre. Va a abrir la puerta.

Los gritos han cesado. De repente. El niño

percibe aún la voz de su padre, cuyo tono ha cambiado, es más alto, más frágil; y la voz de su madre, como un trino, continúa amenazadora.

Cuando su padre salió al pasillo, Jean-Baptiste se echó hacia atrás. Los pasos se dirigieron hacia la escalera, tan rápidos como a la ida, pero le parecieron que menos decididos. La escalera. La puerta de entrada. El niño se precipitó hacia la ventana.

Su padre, con la cabeza baja y un puño en la boca, se acercó al fiacre. Por la portezuela apareció de nuevo la mano enguantada. Su padre habló unos segundos, alzó la cabeza, levantó la mirada hacia el cielo. Era una noche clara, una noche de agosto. Tomó la mano enguantada, sus hombros se hundieron como los de un hombre que se rinde, y la mano de la mujer, secamente, escapó y desapareció.

El cochero hizo chascar la fusta, el caballo pareció despertar sobresaltado, tirando bruscamente del fiacre. El padre de Jean-Baptiste esbozó un movimiento de retroceso. El coche trazó un semicírculo en la explanada y, cuando comenzaba a recorrer la avenida, la mano enguantada salió de nuevo y lanzó al aire un sombrero de copa.

Un mes más tarde, la madre de Jean-Baptiste estaba encinta, sus embarazos siempre la habían fatigado; desde el tercer mes, permaneció acostada en su alcoba. A partir del cuarto, su marido volvió a desaparecer noches enteras. Jean-Baptiste tuvo siete hermanos y hermanas.

Jean-Baptiste nunca había vuelto a pensar en aquella noche de agosto. Al menos nunca de forma completa. La tenía presente, embriagadora como un estribillo, la tonadilla de su infancia. Nunca se llega a la edad adulta si no se meten en vereda tales estribillos. La escuela y, luego, la carrera militar tienen de tranquilizador que ordenan implacablemente las horas y los actos. La Naval, además, ofrece un cargamento de sueños dignos de la colección Hetzel, suficiente para forjar al hombre sin dejar de hacer al niño. Cuando se manda una cañonera en un río del Extremo Oriente, se tiene derecho a olvidar al propio padre.

En los días precedentes a su llegada a la bahía de Ha-Long, Jean-Baptiste pasó la mayoría de su tiempo en los tugurios de Saigón. Detestaba esos tugurios, pero su alcohol, sus mujeres, el maquinal aturdimiento de los juegos de azar y de dinero seguían siendo el mejor modo de rechazar la insistencia de los malos recuerdos.

El aprendizaje de la traición, de la duplicidad, de la debilidad. Así definía el recuerdo de su padre, de su madre, del fiacre y de la mano enguantada. Definición que resumía, riendo socarronamente, tras beber mucho licor de arroz, en los siguientes términos: el aprendizaje del amor. Para escapar a la humillación de la fiesta en casa de los Devries, debía llegar hasta el final, hasta el fondo, exagerar lo sórdido. Algo que habría sido sencillo si sólo existiera Éliane. Pero estaba Camille.

Un martes, el teniente de navío Jean-Baptiste Le Guen se embarcó hacia la isla de Hong-Kay. Veinte años más tarde, Étienne, su hijo, escuchará el relato de Éliane: «Tras aquella velada de Navidad, el traslado de Jean-Baptiste se convirtió en una sanción. Fue enviado, como penitencia, al puesto más retrasado, el más terrible también, la isla de Hong-Kay, en plena bahía de Ha-Long. Pensé que se negaría a someterse, que tal vez abandonaría la Marina francesa. Decididamente, creía conocerle pero no le conocía.»

Jean-Baptiste había pasado su vida, desde siempre, en un mar interior: el Morbihan. A menudo había navegado en él con su padre, a bordo de su pequeño balandro panzudo, robusto. Le gustaban aquellos islotes, las piedras druídicas que la marea descubría en las inciertas riberas, los grandes árboles oscuros que ocultaban una casa solitaria, vasta, tranquila, ante la que se veían, de junio a septiembre, si hacía buen tiempo, vestidos blancos, sombrillas, una partida de croquet. La bahía de Ha-Long era también un mar interior, un laberinto de islas y roquedales. Los acantilados caían a pico en el mar de jade, lisos, desnudos, sin vegetación. En el golfo de Morbihan, el niño Jean-Baptiste pudo imaginar un antiguo paisaje de valles y colinas, tranquilos y templados, en el que los hombres habían vivido antes de que llegara el océano; en cambio, en la bahía de Ha-Long sólo reconoció un paisaje destrozado cuyo silencio y cuya luz, cruel, revelaban un misterio sin enigma: el desierto. El inmenso escenario de una tragedia sin personajes y sin pasión.

En medio de aquel laberinto, una isla parecía habitada. Al menos, de pie en la barca, Jean-Baptiste creyó distinguir pequeños edificios de blancas paredes, de arquitectura muy simple, y un pontón de algunas tablas. Azul, blanca y roja ondeaba en el mástil una bandera, orgullosa como el gallo encaramado en el célebre montón de estiércol.

La barca atracó, un indochino saltó al pontón, Jean-Baptiste miró al oficial que le aguardaba, solo, con los cabellos largos y sucios, los pies desnudos, la chaqueta muy abierta sobre una camisa mugrienta. Saltó también al pontón, hizo frente a aquel tipo que sonreía extrañamente, con las comisuras de los labios hacia abajo, y le saludó. También el otro le saludó, con un impecable saludo de toma de posesión. Y Jean-Baptiste tuvo la impresión de que le presentaban un espejo burlón. Bajaron la mano y, sin intercambiar una sola palabra, se dirigieron hacia las viviendas.

Los pequeños edificios estaban dispuestos en cuadro alrededor de un patio. Todo era rudimentario, comenzando por la pequeña mesa de madera, las cuatro sillas y el tejadillo de lo que, en otra parte, se hubiera denominado salón. En medio de aquellos barracones mal cuidados, cuya cal habrían lavado por lo menos tres monzones, un único edificio parecía limpio y tenía, a un lado, algunas flores y un minúsculo huerto.

El teniente Hébrard se sentó —se dejó caer— en una silla, invitando a Jean-Baptiste, con un vago signo del mentón, a que le imitara. Se parecía al entorno: desalentador, pero no excesivamente estropeado. Sin duda advirtió la asustada sorpresa de Jean-Baptiste, pues comenzó explicándose:

—Irrisión, querido amigo, estamos en plena

irrisión. O lucha usted contra ella o hace usted como yo, la goza.

Una ojeada a Jean-Baptiste le reveló sus aparentes aptitudes de «gozador». Suspiró y, en él, el suspiro terminaba invariablemente en una desagradable risita.

—Aquí puede usted convertirse en un héroe, pero nadie lo sabrá, sería una gota de agua perdida en un océano de jade... —Abrió exageradamente la «a», dejó que se arrastrara, como una sarcástica melopea, y concluyó de pronto, señalando con el índice a Jean-Baptiste—: Pero será su gota de agua.

Soltó una carcajada. Jean-Baptiste admitió que aquel chalado no se reía de él, se reía solo.

—¿Hace mucho que está usted aquí?

El índice de Hébrard apuntó al cielo.

—Aquí no se cuenta.

Señaló los decrépitos edificios.

—Al comienzo, un poco. Y luego, un buen día, el tiempo se detiene. Ya no hay pasado, ya no hay futuro, se da vueltas en redondo y se espera.

Jean-Baptiste se sorprendió siguiendo el índice que giraba en el aire. El chalado reía. Jean-Baptiste sospechó que había reído solo durante mucho tiempo.

—Hábleme de nuestra presencia aquí.

Por fortuna, existían las frases profesionales,

militares, las frases de manual y propaganda, para defenderse de la burlona mirada de aquel teniente en el fin del mundo. «La presencia francesa en Indochina.» ¿Había oído hablar bastante, durante su instrucción, de la «misión civilizadora de Francia»?

—Nada —replicó Hébrard abriendo mucho los ojos—. Sólo una presencia... —Sus manos parecieron palpar la luz, el húmedo calor—. ¡Fantasmas para el Imperio!

La isla era cónica: en el centro, su cima. Sobre la cima, un cañón. Sobre el cañón, la mano de Hébrard.

—Desde aquí —recitó (y tras las tres horas pasadas visitando «sus propiedades», Jean-Baptiste estaba ya borracho de aquella voz socarrona, preñada de carcajadas incomprensibles)— se observan los navíos extranjeros: algunos sampanes, algunos pescadores... Nada... Los piratas pasan por alta mar, muy lejos de aquí... De modo que, de vez en cuando, debemos recordar al mundo nuestra presencia.

Pronunció la palabra con la mayor precisión, como un socarrón homenaje a Jean-Baptiste, a todo lo que representaba con su uniforme abotonado hasta el cuello.

—Nuestra misión...

Luego fingió introducir un obús en aquel chisme.

—Dispare el cañón, sobre un blanco, una barca sospechosa... —Fingió temor, como en un teatro de marionetas, contuvo una carcajada—. Nada, vamos...

Jean-Baptiste decidió que era ya suficiente. Abandonaría a aquel chalado, su cerro y su cañón.

Pero habría sido demasiado fácil. Hébrard le aferró el brazo, como a un viejo camarada.

—¡Pero, una vez por mes, la fiesta, la gran fiesta!

El chalado sonreía encantado. Podía compartir una experiencia fuera de lo común.

—El mercado de esclavos... Se recluta mano de obra en todo el norte del país, voluntarios.

Está divirtiéndose, no hay duda. ¿Qué estoy haciendo aquí?

—De todos modos —Hébrard se reía tanto, tan alegremente, que debió repetir cinco veces: «De todos modos», cacareando, sin aliento, antes de poder continuar—, no tienen elección, ¡pasan demasiada hambre!

Jean-Baptiste se había preparado para lo peor: no era un traslado, era un castigo. La bahía de Ha-Long, el aislamiento, el trabajo administrativo. Había sacado valor de esa certidumbre: cumpliría sin falta su deber de oficial francés. Hallaría su redención en su cometido. Y, en definitiva, ¿con qué se encontraba? Con ese Hébrard, con sus vomitivos relatos —narraciones de un trabajo administrativo, es cierto: a fin de cuentas, sólo la presencia efectiva de Francia.

—Allí servimos a Francia —decía precisamente Hébrard, que ya no reía—. Embarcamos hasta aquí a los voluntarios.

Designaba, abajo, una amplia rada arenosa llena de guijarros que había sido dividida con estacas, piedras y alambradas. Era un campo.

—Y bajo su estricta vigilancia, los compradores del sur vendrán a obtener mano de obra para las plantaciones de Cochinchina. —Apretó tiernamente el brazo de Jean-Baptiste—. ¡Oh, no tendrá usted que hacer nada! Sólo estar aquí.

Unos instantes de silencio. Jean-Baptiste advirtió que Hébrard le miraba. Sospechó que no sentía tanta cínica delectación como pretendía hacerle creer.

Bueno. Había embarrancado en esa isla, en el culo del mundo. Estaba condenado a cohabitar con Calibán. Si al menos él fuera Próspero, un hechicero... Y, en voz baja, cruzando el patio, una minúscula silueta tocada con dos blancas alas. ¿Ariel, tal vez?

—Sor Claude —le indicó Hébrard señalándole la silueta en la que, vuelto ya en sí, Jean-Baptiste reconoció a una religiosa—. Una santa idiota. A veces es muy santa y otras muy idiota. Son ya las tres, abandona sus plegarias para reunirse con sus ovejas... Algunos reclutas están en tan mal estado que nadie los quiere. Y tenemos prohibido devolverlos al norte. Por lo tanto, los dejamos aquí y sor Claude vela por ellos. Poco a poco, van cayendo enfermos, muy enfermos, y mueren.

Jean-Baptiste ya no ignoraba la magnitud del desastre. Una isla en el culo del mundo, en efecto. El purgatorio.

Asselin ordenó a Satait que detuviera el coche ante la puerta señalada por una débil linterna. Descendió en la calleja lodosa, oscura, empujó la puertecilla de madera húmeda y grasa. Cuando entró, la llama de las lámparas de petróleo colgadas de las paredes vaciló y aquello recordó el aleteo de grandes mariposas negras. La sala era oscura y baja, en ella se distinguían cuerpos descuidadamente tumbados, medio desnudos. Asselin, cerró la puerta a sus espaldas, las mariposas negras se inmovilizaron, recortando en las paredes las inmensas y deformes sombras de los fumadores de opio.

Una annamita sin edad se inclinó ante Asselin, que le dijo unas palabras en voz baja. La mujer le indicó el fondo de la sala y le dijo por señas que le siguiera. Atravesaron el fumadero, aquel otro mundo, donde sólo algunas toses, el chisporroteo de las bolitas de opio en las lámparas y el sonido de las palas de un ventilador indicaba que no se había abandonado por completo el mundo de los vivos.

En un rincón había una silueta, completamente vestida de negro y tendida en un bancal; estaba vuelta de cara a la pared. Asselin depositó un billete en los dedos de la mujer, que se alejó. Sentado al pie del bancal, un muchacho, de vaga y dócil mirada, se encargaba de la lámpara, del bol de oscuro opio y de las largas pipas.

Asselin se aproximó a la dormida silueta, se inclinó, le rozó el hombro. El bulto se volvió sin oposición. Pese a las gafas negras y al turbante anudado a la tonkinesa, Asselin reconoció a Éliane.

Ella, en cambio, no pareció reconocerle. Le miró vagamente, apartó la cabeza como se prescinde de un detalle insignificante e indicó por señas al boy que le preparara otra pipa. Asselin tendió la mano para quitarle las gafas oscuras, pero ella apartó la cabeza gimiendo.

—Lili —dijo el hombre con dulzura—, vas a venir conmigo.

Gimiendo aún, la mujer movió la cabeza: no. Ese mero movimiento, lento, algodonoso, pareció fatigarla y se detuvo por sí mismo tras haber agotado sus postreras fuerzas. El ciego rostro permaneció inmóvil unos instantes, fijo en Asselin. Finalmente, Éliane se quitó las gafas, con mano cansada, y pareció reconocerle. Sus ojos eran sólo un largo agujero negro, sin iris. Su boca se crispó como si fuera víctima de un intolerable sufrimiento. Asselin advirtió que temblaba.

—Tengo frío...

La cogió por las axilas y la levantó. Se dejaba tratar como una niña. Cuando estuvo de pie, la sostuvo sin aparente esfuerzo, como obedeciendo una vieja costumbre, como un padre o un esposo habituado a los gestos del enfermero. La llevó así hasta la salida. Ninguno de los fumadores alzó la vista a su paso.

Le habló sin cesar, con voz dulce, mientras el coche atravesaba Saigón. No le costó en absoluto encontrar las palabras: eran las mismas que, años antes, pronunciaba en idénticas circunstancias, cuando Éliane intentó olvidar en el opio la «muerte» de François. Ella, la mujer soberana, carecía de defensas y por eso había querido él saberlo todo sobre el tal François; era una mujer indefensa y él la quería soberana, por eso nunca le había dicho la verdad sobre la pretendida muerte de su amor, un mastuerzo y un cobarde. Años más tarde, la diferencia estaba en que no tenía ya esperanza alguna de conquistarla y que se sorprendía a sí mismo por su desinterés.

El coche los dejó ante la casa de la señora Minh Tam. Éliane se había dormido por fin. Él mismo la llevó hasta la habitación donde los condujeron. Era cálida y pesada en sus brazos y no se asombró, de pronto, de no creer ya en su desinterés. La deseaba. La señora Minh Tam le dijo que se encargaría de todo, que había hecho bien llevándola allí, que podía marcharse tranquilo: ella sabría ocuparse de la pequeña Lili. Antes de abandonar la alcoba, le quitó el turbante a Éliane, liberó sus cabellos.

La mañana siguiente transcurrió como todas las demás mañanas en casa de la señora Minh Tam. Pedigüeños y clientes se presentaron en la «oficina cobertizo» donde se trataban todos los asuntos. La señora Minh Tam no estaba. Esperaron. Eran capaces de esperar días enteros para obtener una entrevista con la señora Minh Tam. Compareció casi a mediodía. Sombrero, traje sastre, guantes, altos tacones; muy elegante, atravesó el cobertizo con paso rápido. Clientes y pedigüeños se levantaban al verla pasar y se inclinaban. Ella devolvía su saludo sin detenerse.

—Perdónenme, los veré más tarde.

A un extremo del cobertizo, un criado se apresuró a abrirle una puerta.

—No quiero que me molesten —le dijo.

Entró en sus aposentos privados. El salón estaba amueblado y decorado con ostentoso gusto, medio occidental y medio chino. Éliane, con los rasgos descompuestos, envuelta en una bata de seda, estaba acurrucada en un sofá Imperio, con los pies desnudos bajo su cuerpo. La señora Minh Tam se quitó el sombrero, los guantes y los zapatos; descubrió una maleta junto a un sillón.

—Ayer, mientras usted dormía, su chófer le trajo sus cosas. ¿Está mejor esta mañana? Sí, mejor...

La señora Minh Tam desabrochó el cuello de su blusa, se quitó el broche de la solapa.

—Desastroso, Lili... —Arrojó el broche en una bandeja y explicó—: Camille está en cuarentena.

Lanzando un gran suspiro, se sentó junto a Éliane, encendió un cigarro y le ofreció otro, que fue rechazado.

—Las demás alumnas la llaman de todo: pequeña congay, niac-houé. Desvergonzada. La madre superiora se ha visto obligada a aislarla.

Éliane se subió las solapas de la bata y se levantó de golpe.

—Voy a verla. Debo sacarla del colegio.

—Ella se niega a verla.

Éliane comenzó a caminar por el salón.

—¿Le ha hablado a usted?

—Sí.

—¡No me importa! Iré a buscarla.

—¡Ah, no, Lili! Ya basta. Siéntese y escúcheme.

Éliane obedeció. Era imposible resistirse a la señora Minh Tam. Sobre todo, si se estaba cansada, deprimida a causa de varias noches de opio.

—Casaremos a nuestros hijos enseguida. Me los llevo a Hué, a palacio. La corte debe dar su autorización para la boda, es la costumbre.

—No querrá.

La señora Minh Tam palmeó enérgicamente la mano de Éliane.

—Vendrá. Confíe en mí... Camille no es una pequeña francesa. Entre nosotros, los hijos no hacen lo que quieren sino lo que sus padres consideran bueno para ellos.

El rostro de Éliane se oscureció. No, Camille no era una francesita. Tampoco era una niña sometida a las leyes de las familias, de los clanes, de las conveniencias. Naturalmente, hacía mucho tiempo que la boda con Tanh estaba convenida. ¿Cómo se tomaría aquellos preparativos, aquella precipitación? ¿Cómo no pensar que Éliane buscaba el mejor medio, la mejor prisión para mantenerla apartada de Jean-Baptiste? ¿No serían enemigas de ahora en adelante?

—Hablaré con Camille —dijo la señora Minh Tam—. Ustedes dos deben reconciliarse... Reúnase con nosotras en Hué.

—Soy incapaz de prometérselo.

La señora Minh Tam cogió las manos de Éliane, la obligó a mirarla a los ojos.

—Olvidará usted a ese hombre, Lili... Nunca podré comprender las historias de amor de los franceses. Es como en sus libros, y he intentado leerlos... Sólo hay locuras, furor, sufrimiento... ¡Se parecen a nuestras historias de guerra, es agotador! —Llevó hasta su pecho las manos de Éliane y, en tono más tranquilo y serio, añadió—: Conoce usted el secreto, ya se lo he dicho...

Éliane agachó la cabeza:

—Ya lo sé... La indiferencia.

TERCERA PARTE

1

«Por primera vez en mi vida, me había confiado a alguien. La señora Minh Tam lo había arreglado todo. Camille se marchó con ella a Hué e iba a prometerse.

»Camille regresaba a los suyos. Estaba encerrada en el palacio imperial para los días de meditación y purificación que las tradiciones de la corte imponían a los prometidos. Como europea, yo no tenía derecho a asistir a la ceremonia. Pero la señora Minh Tam me había concertado una entrevista con Camille, la víspera del desposorio.»

Las monumentales puertas, flanqueadas por guardias, se abrieron y las dos mujeres penetraron en el patio de la Ciudad Imperial. Una anciana y noble viuda de severo aspecto y un pequeño anciano con anteojos, el hombre del protocolo, se inclinaron ante Éliane y, sin decir una palabra, le indicaron que debía seguirlos. Cruzaron un silencioso patio donde se erguían grandes animales de piedra. Ni un alma. Pero Éliane advirtió que la acechaban, detrás de las ventanas, intrigados sin duda por la presencia de una mujer blanca en la Ciudad Imperial. Pasaron a otro patio, donde, cuando se acercaron, unos niños vestidos de amarillo, el color de los reyes, pusieron pies en polvorosa. Las escaleras siguieron a las escaleras. Finalmente, ante una puerta, la noble viuda, con un gesto de la mano, le indicó que habían llegado a su destino, se inclinó y se retiró, seguida por el anciano del protocolo. Éliane empujó la puerta.

Camille estaba de pie ante un espejo. Con el busto desnudo, no parecía contemplarse sino soñar como si estuviera ante una ventana. Éliane guardará siempre en su memoria el primer pensamiento que tuvo al sorprender así a su hija: «Está ausente.»

En la habitación, una dama de la corte, austera dueña, vigilaba los últimos retoques que las jóvenes sirvientas daban a un vestido de ceremonia, tornasolado y espléndido. Nadie había advertido la entrada de Éliane. Permaneció en el umbral, extrañamente intimidada. Las sirvientas concluyeron su trabajo. Entonces, con precaución y respeto, fueron a poner el vestido en manos de la dueña, que se levantó y se aproximó a la futura desposada para presentárselo.

Entonces, Camille vio a Éliane reflejada en el espejo. Tomó una tela y, con delicado gesto, cubrió su pecho desnudo.

«Era mi hija, mi niña: nunca había efectuado ante mí ese gesto de pudor. Y creo que, por ese gesto, ese pequeño gesto de nada, comprendí que ya era una mujer. Pero no logré entender que, más que su desnudez, su reflejo intentaba ocultarme su secreto sueño en el espejo.»

2

Más tarde, Éliane y Camille se pasearon juntas por un jardín. Camille se había puesto una túnica negra, casi monástica. No hablaba, sonreía a veces, volviendo ligeramente la cabeza hacia su madre, con una sonrisa que mantenía las distancias.

Éliane se preparaba para esta entrevista desde hacía varios días. Lo había imaginado todo, las lágrimas, los reproches, los alegatos, una larga y difícil explicación. No había conseguido decidirse de antemano: ¿debía comportarse como le decía la señora Minh Tam, es decir, como madre, como poseedora de la experiencia y la autoridad, asegurar a Camille que no había mejor ni más solución que la boda con Tanh, que debía olvidar a quien había sido un capricho de colegiala, un sueño sentimental y novelesco? ¿O debía hablarle de igual a igual, evocar su propio «capricho» por Jean-Baptiste y el modo como él lo había roto, la humillación que le había infligido, y la humillación que habría infligido también a Camille, estaba segura de ello, pues nada sólido era posible con aquel joven, y no porque fuera fantasioso, imprevisible, tan violento como tierno, sino sobre todo, sobre todo, porque no pertenecía, como ellas, a ese país, y nunca pertenecería a él? Mientras cruzaba la Ciudad Imperial siguiendo a la noble viuda y al anciano del protocolo, Éliane seguía sin decidirse. Por desgracia, era lúcida y legal; temía que ambos alegatos sólo sirvieran para enmascarar una realidad más franca y más sórdida: Camille y ella eran rivales, estaban celosas.

Pero Camille caminaba a su lado, flanqueaban un estanque cubierto de flores de loto, en un apacible jardín, y todavía no se habían dicho nada. Éliane percibía tanta calma en Camille que las palabras se hacían inútiles. Se sentaron en un pequeño banco de piedra, al abrigo de la veranda de un pequeño pabellón de verano.

—He visto la tumba del emperador Ming-Mang —dijo Camille—. Tenía veinticinco años cuando comenzó a buscar el lugar donde quería que enterraran su cuerpo. Cierto día, halló el lugar, que recordaba al paisaje que había visto en sueños. Entonces lo dibujó, hizo plantar árboles, sembró flores para que todo tuviera sólo líneas dulces y continuas, para que no hubiera ni una sola línea quebrada. Y cuando el paisaje fue exactamente el de sus sueños, se dijo: «Ya puedo morir.»

Curiosamente, ese relato de conquistada armonía había incomodado a Éliane. Nunca su hija se había expresado así. Éliane creyó adivinar en ello una parábola, parábola cuyo sentido profundo se le escapaba. Luego se dijo: No, es Camille la que escapa, la que se escapa, tan serena, casi indiferente. Como si sus pensamientos hubieran seguido un camino paralelo, la joven declaró:

—También yo sueño en un lugar de armonía, pero para vivir.

—Ese lugar existe, Camille... Es tuyo... La hacienda te pertenece.

Camille sonrió sin responder. Contemplaba el jardín. Un jardín tan ordenado, ideal y quimérico como el sueño de Ming-Mang.

3

«Regresé a mis tierras inmediatamente después de la visita. La señora Minh Tam quiso que la aguardara para regresar juntas, pero yo no habría podido soportar permanecer en Hué sin tener derecho a asistir al desposorio de Camille.

»Necesitaba estar muy pronto en casa, en nuestra casa. Era irracional, pero me parecía que debía aguardar a mi hija allí. En el lugar que ocuparía junto a mí.»

Es necesario imaginar lo que es una ceremonia de desposorio en el Palacio Imperial de Hué. Desde hace siglos, la decoración no ha cambiado, el tiempo no ha transcurrido. Los soldados de la guardia imperial, los linh, con su cinturón amarillo, forman una muralla ante la inmensa puerta esculpida de la sala del trono. Los techos y las columnas están adornados de oro y laca roja; las paredes, forradas de seda bordada; el sol brilla como un espejo donde danzan, en rojizos charcos, las llamas de las antorchas. La impresión es terrible: fuego y tinieblas.

La familia imperial se ha reunido en torno al regente y algunas reinas abuelas, sentadas en sillones de oro, como ídolos. Una lleva un vestido y un turbante amarillos; la otra, vestido y turbante leonados. Ambas llevan pesadas y suntuosas joyas de jade. Sus uñas son largas como garras.

Tras ellas se hallan los demás miembros de la familia imperial y los mandarines del Consejo de Regencia, con abigarrados vestidos.

Frente al trono, a un lado, los jóvenes príncipes y princesas llegados para presentarse a la corte.

Al otro, los parientes de Tanh y Camille. La señora Minh Tam se ha puesto un traje tradicional. Parece, si es posible, más orgullosa y más imperiosa aún que cuando dirige su «oficina cobertizo». Camille es, aquí, princesa de Annam. No existe ya la colegiala de calcetines blancos ni la bailarina de tangos, como tampoco queda, en Tanh, nada de un estudiante progresista y occidentalizado: viste también el traje tradicional.

Tras un gesto del ministro de los ritos, se prosternan cuatro veces.

Luego se acerca a ellos un mandarín les ofrece un cofrecillo de laca roja.

Tanh toma un bocado de betel, lo coloca entre los labios de Camille, que, a su vez, toma otro y lo ofrece a su prometido.

La señora Minh Tam tiene los ojos llenos de lágrimas.

Una de las reinas abuelas levanta entonces la mano e inclina la cabeza. Camille y Tanh se miran, se sonríen y sus manos se unen.

Se alejan, retrocediendo, de los peldaños del trono. Se inclinan una vez más. Luego se dirigen a la señora Minh Tam, ante la que se inclinan de nuevo.

Ella posa una mano en cada una de sus cabezas.

—Seréis un solo cuerpo. Una sola alma. Los fénix aparecerán sobre vuestro lecho nupcial. Vuestra posteridad alegrará a los antepasados. —Sobre la cabeza de Camille su mano se hace más pesada—. Ahora eres mi hija.

4

Cuando les acompañaron a su alcoba, Tanh y Camille se dirigieron cada uno hacia un espejo. Un criado ayudó al joven a quitarse la túnica de gala, una sirvienta hizo que el vestido de ceremonia se deslizara por el cuerpo de Camille, y quitó las agujas que sujetaban su peinado. Camille contempló su cabellera, como agua negra y mate, caer sobre sus hombros. Tanh miró la sencilla túnica gris que se acababa de poner. Luego, ambos observaron su propio reflejo en los ojos, como si aguardaran de él una respuesta.

5

Encontraron a la señora Minh Tam a la sombra de una veranda, cuyas columnas de laca roja bordeaban las musgosas losas de un patio. Camille se había puesto su estricta túnica negra.

—Madre —dijo Tanh—, desde que estamos en palacio, Camille y yo no hemos tenido ni un solo instante de intimidad. Antes de reunirnos con su familia y nuestros amigos, a los dos nos gustaría estar un momento solos. —Y al decirlo, sonreía con ternura a la muchacha—. A Camille le gustaría que yo la llevara a pasear junto al Río de los Perfumes.

La señora Minh Tam se dio cuenta, sin rencor, que había tenido razón. Los dos jóvenes se amaban. Ambos habían tenido sus pequeñas locuras —capricho amoroso y capricho político—, pero habían regresado a tiempo, más maduros tal vez, al seno de la familia y las tradiciones. La señora Minh Tam sonrió y asintió con un signo, sonrió y asintió a los nietos que iban a darle.

Llegaron a la estación de Hué en menos de una hora. Camille no podía más. Tanh caminaba un paso por delante de ella para abrirle camino hacia el andén, entre la multitud de niños y animales, mendigos tendidos en sus esteras, comerciantes que instalaban sus mercancías en el propio suelo o en cajas de madera. Aquello parecía más un vasto mercado cubierto o una plaza pública que el vestíbulo de una estación.

El tren se acercaba; se anunció con un largo silbido. Los curiosos reunidos en torno a los puestos de los comerciantes, se transformaron en viajeros, recogieron precipitadamente su equipaje, contaron sus bultos, sus niños y sus aves. Entre el jaleo general, Camille y Tanh se habían detenido. Él la sujetó por el brazo.

—Te admiro, Camille.

La miró con intensidad.

—Unirse a alguien a quien se ama es muy fácil —repuso ella.

Parecía muy fuerte, muy tranquila. Y, de pronto, se arrojó hacia él, le estrechó en sus brazos, pero el río de viajeros se los llevó, los separó. Camille volvió a echarse el hatillo al hombro.

—Díselo... ¡Diles que sí sabemos lo que estamos haciendo!

Tanh no respondió. La vio alejarse entre la muchedumbre, delgada silueta negra al comienzo de un viaje desconocido.

El tren volvió a silbar, inútilmente, por juego, para arrojar algo más de efervescencia entre los viajeros que apresuraron el paso y absorbieron a Camille.

Éliane, veinte años más tarde, callará largo rato tras el relato de aquella huida, como si, en la tranquilidad de aquella habitación apenas turbada por la querella de unos alionines en un árbol del jardín, dejara que fuera poco a poco apaciguándose el estruendo de la estación de Hué, cierto día de 1931. Étienne sólo verá de ella el puro contorno de su perfil, a contraluz ante la ventana.

«Ella era lo que más amaba en el mundo, y nunca se lo había dicho.»

Habrá otro largo silencio.

«No la habían detenido en la estación de Hanoi. Ella sospechaba que la esperaban. Había abandonado el tren mucho antes. Ya era sólo una muchacha annamita entre muchas otras, estaba en camino hacia otra vida y nada la detendría.»

Étienne se inclinó hacia ella. Sencillamente, le acarició la mejilla.

«Continúa...»

Una muchacha vestida de negro caminaba bajo un cielo al rojo vivo.

«Yo recordaba una frase de su padre: "En Asia no se muere." Esperaba, pues, que él la acompañara en su viaje y la protegiera.»

6

—¡Me responderás de las desgracias que caerán sobre Camille!

Tanh no pensaba dejarse impresionar. Su madre gritaba en annamita; él dijo en francés:

—Camille es libre.

Aquella frase, ignoraba por qué, sólo tenía sentido en francés, una lengua ambigua: la de los opresores, pero también la que le había enseñado los medios de luchar contra esos opresores. Prosiguió, en annamita ahora, su lengua materna, sí, la lengua de su madre:

—Ha entrado en su vida, en su propia vida, una vida que no debe nada a nadie. También yo voy a marcharme.

—¡Te lo impediré!

—¡No!

Advirtió sorprendido que le había sido muy fácil decir no a su madre. ¿Quién le decía no a la señora Minh Tam? Ni siquiera Éliane sabía hacerlo. Y es que, a fin de cuentas, se parecía a su madre. La misma seguridad, la misma voluntad, aunque distintos objetivos.

—No. No podrá hacerlo. Me voy, mis amigos me aguardan.

La señora Minh Tam cruzó la estancia y, con un gesto de cólera, tiró de una cortina, desvelando el altar de los antepasados de su familia y la fotografía de un hombre, el padre de Tanh.

—Atrévete a decir, ante la tablilla de tu padre, que abandonas el sagrado altar de tus antepasados. ¡De rodillas! —Se lanzó hacia él, le agarró del brazo—. ¡De rodillas! ¡Te ordeno que te arrodilles!

El muchacho se soltó violentamente. Detestaba aquel grotesco, lacerante, enfrentamiento. Era mucho más fácil plantar cara a Guy Asselin.

—La obediencia nos convierte en esclavos. Los franceses me han enseñado las palabras libertad e igualdad, con eso voy a combatirlos.

¿De qué servían las explicaciones? Aunque hubiera gritado durante horas y horas, su madre no le habría escuchado. Prefirió romper de inmediato.

—Adiós, madre.

Le volvió la espalda y salió.

Ella le alcanzó en el patio de la casa.

—¿Quieres combatir contra tu madre?

Su voz y sus labios temblaban. Tanh tuvo el fugaz deseo de rendirse, como un niño se abandona a su madre. Él hablaba de política, ella respondía con sentimientos. No había salida. Entonces, porque ella le obligaba, dijo:

—Si es necesario, combatiré contra usted.

Luego, para respetar la antigua y deferente costumbre de los hijos, pero también para no tener que mirarla de frente, se inclinó:

—Aunque la quiera.

La señora Minh Tam se inclinó a su vez. Luego, sin decir una palabra, se fue.

7

Camille había bajado del tren a medio camino entre Hué y Hanoi. Durante los primeros días, había caminado con alegría, orgullosa de su reciente libertad, empujada por su amor, o en todo caso por la imagen que de él se formaba, en la que, tal vez, contaba menos Jean-Baptiste que aquella muchacha libre y decidida que satisfacía su necesidad de lo novelesco y su resentimiento contra Éliane. Éliane la había traicionado. Por dos veces. Al no confesarle su propio amor por Jean-Baptiste y al empeñarse en impedir su felicidad. Camille le probaría que no era una niña cuya suerte puede decidirse a voluntad, sino una mujer capaz de salir al encuentro de su destino. No era consciente de que salía al encuentro de un destino que no se adecuaba a sus impulsos de adolescente.

El poco dinero que tenía no le bastó para comer tres días. Tampoco había imaginado que caminar desde el alba al ocaso pudiera ser tan fatigoso. A sus sueños comenzaron a dolerles los pies. Cierta noche, hallándose sola en campo abierto, mientras millares de sapos se desgañitaban, la luna desgarró las apresuradas nubes iluminando algunos metros del talud, y entonces rompió a sollozar y cayó de rodillas. Aquella noche —para decirlo con sus propias palabras— salió por primera vez «al encuentro de su destino». Huir del Palacio Imperial era sólo una travesura. Aquella noche tuvo que luchar cara a cara con su deseo de dar marcha atrás, regresar junto a Éliane y Tanh, su deseo de renunciar. Se dijo cien veces: mañana tomaré un tren hacia Saigón. Cien veces respondió: no, no cederás. Se durmió, agotada, una hora antes del amanecer. Cuando el sol la despertó, ya no tenía miedo a nada, al menos no de la soledad o de la noche. Un sapo extraviado hipaba silenciosamente junto al talud. Se rió.

Caminó durante todo el día con paso alegre. Se olvidó del hambre. Pero ésta se presentó al caer la noche. No tuvo tiempo de poner a prueba sus nuevos recursos morales: se durmió de pronto, al borde del camino. No soñó.

El sol era ya fuerte cuando abrió los ojos. La habían despertado el sonido de unas voces y unos ruidos metálicos.

Se levantó y trepó por el talud.

Abajo, muy cerca, decenas de coolies trabajaban en la construcción de una vía férrea. Los vigilantes hacían chascar sus vergajos, ladraban insultos y órdenes. Trabajo de esclavos. Camille tuvo miedo. Se agachó al abrigo del talud.

Tenía que alejarse de allí enseguida. Sin embargo, no se decidió a partir. Surgía en ella un nuevo sentimiento, desconocido, de vergüenza y cólera. Por supuesto, centenares de coolies trabajaban en la plantación Devries. Para Camille, formaban parte de su entorno cotidiano. Sin duda, de vez en cuando también Éliane utilizaba un vergajo. Pero era para castigar una falta grave, y Éliane detestaba tener que azotar a un coolie; habría despedido en el acto a cualquier cai que hubiera mostrado la fría ferocidad de aquellos capataces. Naturalmente, Tanh le había hablado de su pueblo «esclavizado». Ella sólo había visto en aquellas palabras una figura retórica, lo que sor Marie, su profesora de francés, llamaba una hipérbole. Dos blancos —ingenieros, supuso Camille— pasaban displicentemente ante los azotados coolies, los miraban indiferentes, como si fueran ganado.

Junto al vagón donde se almacenaban las traviesas y los raíles vio a una mujer acompañada por un adolescente y un niño de unos doce años.

Estrechándose los unos contra los otros, parecían ocultarse. La mujer hizo un signo nervioso, perentorio, agitando la mano ante sí como si llamara a alguien. Camille tardó unos segundos en ver a un coolie que, con los hombros inclinados, se separaba poco a poco del último grupo de obreros. Cuando el vigilante le volvió la espalda para acariciar con su vergajo a un obrero que se había derrumbado sobre el balasto, el hombre, sin dejar de inclinar los hombros, corrió hacia el vagón, lo rodeó, tomó a la mujer del brazo, empujó ante sí al adolescente y cogió la mano del niño. Se ocultaron unos instantes detrás del vagón. Acechando, desde el otro lado de la vía, los desplazamientos del vigilante, no se habían fijado en Camille, a sus espaldas, en la cima del talud. De pronto, echaron a correr hacia la carretera. Camille adivinó que esperaban doblar la curva cuya pendiente los ocultaría de las miradas. Entonces, se levantó y salió tras ellos.

Corrían. Ella corría y rezaba: Que tengan éxito, que tengan éxito... No pensó un solo instante en que su presencia en la carretera podía alertar a los cai. Por fin, los cuatro fugitivos llegaron a la pendiente del talud, bajo la curva. Camille gritó:

—¡Esperad!

Todos volvieron la cabeza. Llenos de pánico,

echaron a correr más deprisa todavía. Camille corría por la carretera, ellos por abajo, sus carreras eran paralelas y Camille creyó que nunca los alcanzaría.

La mujer, sin aliento, tuvo que detenerse, obligando a su marido y sus hijos a esperarla. Camille bajó por la pendiente a su encuentro. Se detuvo a pocos metros de ellos, sorprendida por la mirada hostil de la mujer.

—¿Qué quieres?

Sí, ¿qué quería? ¿Qué quería de ellos? ¿Encontrar compañeros de camino, de huida? ¿No seguir estando sola? ¿O, más profundamente, demostrarles que estaba con ellos, a su lado?

—Voy hacia el norte, hacia el mar...

Pedía su ayuda, con humildad.

La mujer, Sao, tendió el brazo hacia el nordeste.

Caminaron durante días y días. Fue, para Camille, más duro que cuando iba sola. Aquellos campesinos, los niños incluso, estaban acostumbrados a los sufrimientos físicos —¿era sólo una costumbre o la simple condición de su supervivencia?—. A Camille le costaba mucho mantener el paso. Seguía su surco, veinte o cincuenta o cien metros más atrás; a veces, el padre se volvía, ella erguía la cabeza, apresuraba el paso, olvidaba las ampollas y las grietas de sus pies, recuperaba parte de su retraso. Ignoraba si el campesino estaba alentándola para que resistiera o si evaluaba sólo las oportunidades de librarse de ella. Por la noche se dormía como un tronco. Lo más penoso era volver a ponerse en marcha, por la mañana. Tenía la sensación de que sus pies eran dos llagas abiertas. Al cabo de una hora, ya estaba agotada; caminaba sin conciencia, concentrada en las cuatro pequeñas siluetas que la guiaban, la obligaban a poner un pie ante el otro. Apenas recordaba por qué caminaba. Sólo en sueños, por la noche, veía a Éliane o Jean-Baptiste. Durante el día, la voluntad de seguir ocupaba todos sus pensamientos y sus fuerzas.

Cierta noche, mientras la familia estaba sentada en círculo alrededor del fuego que la madre acababa de encender, el padre sacó de su bolsa de tela una tablilla de madera grabada con ideogramas. La levantó sobre su frente, se recogió y pronunció la plegaria:

—Os saludamos respetuosamente, antepasados nuestros. Imploramos vuestra benevolencia y protección para vuestros fieles hijos que no pertenecen todavía al mundo del polvo. Aliviad la desgracia que los abruma.

Haciendo una señal con la cabeza, indicó a sus dos hijos que se separaran el uno del otro.

Sao, la madre, invitó a Camille a colocarse en el círculo. Tenía hambre y sueño, pero obedeció. Se colocó entre el niño y el adolescente.

Todos se inclinaron. Ella también.

La habían adoptado.

Con sumo cuidado, el padre envolvió la tablilla en un trapo y la devolvió a la bolsa de tela.

Al día siguiente, atravesaron un pueblo fantasma. Algunos perros vagabundos, con el espinazo redondeado y la cola entre las patas, huían al verlos. Las paredes de las chozas abandonadas habían sido encaladas. En medio de las calles acababan de arder montones de ropa, con un humo oscuro, espeso y acre. Sao estrechó contra su pecho a su hijo más joven y le protegió la boca con la mano.

—Seguramente, el cólera —dijo el padre—. El Norte está maldito. El ferrocarril también, morían como moscas. Si nos hubiéramos quedado, todos habríamos muerto.

Apresurando el paso, señaló hacia el horizonte, a lo lejos, por encima de los desiertos arrozales:

—En Hong Kay reclutan gente para trabajar en las plantaciones del Sur. El Sur es rico, allí tendremos paga y arroz.

El Sur. Las plantaciones. Camille tuvo la brutal visión del «pueblo bajo» de coolies trabajando en casa de los Devries. ¿Cuántas familias se verían, como ésta, humilladas, hambrientas, obligadas a huir de su poblado, de sus parientes, de su existencia, para ir a venderse a los colonos y sangrar sus heveas? Otra insoportable visión la reemplazó: Éliane sangrando un árbol, y el árbol era el cuerpo de Sao.

En la lejanía sonaban unas campanas. Confiaron en su llamada. Eso significaba una misión católica, la caridad de las monjas y, por lo tanto, comida.

Todos los habitantes del poblado y sus alrededores los habían precedido. Eran miles los que, con ellos, caminaban hacia la misión, miles los ya reunidos en la explanada, ante la gran puerta. Miles y, sin embargo, ni un solo hombre entre quince y cincuenta años. Mujeres, niños, ancianos. Todos con pequeños cestos.

Camille se encontró junto a una mujer que llevaba de la mano una niña. De pronto, la mujer tropezó. Camille, en un acto reflejo, quiso sostenerla. El cuerpo de la mujer resbaló entre sus manos, cayó de golpe con la cara en el polvo.

Sao retrocedió, se inclinó sobre la mujer: estaba muerta. Tomó a la niña de la mano y prosiguió sin más la marcha.

Nadie se había detenido. Rodeaban, sencillamente, el cuerpo mirando hacia otra parte.

Sólo Camille permaneció un instante junto al cadáver. Hizo el signo de la cruz.

Nunca recordará lo que ocurrió entre aquel gesto y la lluvia de granos de arroz vertidos en el pequeño cesto tendido por una mano. Su mano. En cambio, siempre recordará con precisión la alegría, muy pura, muy física, que la hizo temblar entonces de los pies a la cabeza, y el placer, animal, que sintió al llevarse por primera vez el arroz a la boca.

Ante el altar, en la iglesia, un viejo misionero distribuía las raciones que sacaba de un humeante perol. Con bonachona autoridad, golpeaba el sombrero de quienes se mostraban demasiado ávidos o de quienes había visto ya en una distribución precedente. A sus pies, los niños se peleaban y se golpeaban por el menor grano de arroz que caía al suelo.

Sin embargo, la mayor parte de aquella gente aguardaba su turno con patética paciencia. Viejos, ancianas, muy dignos (o muy próximos a la muerte), tan inmóviles que podía creerse que, para ellos, aquel arroz llegaba demasiado tarde, que sólo tenía, en definitiva, muy poco valor.

Camille recordará también haberse reunido con la familia de Sao sin que su mano, como movida por una fuerza mecánica, dejara de llenar su boca de arroz. Recordará, finalmente, que el padre puso en común las cuatro raciones, que repartía equitativamente los bocados entre los hijos y su mujer, y que una de cada tres veces olvidaba servirse.

Dos días más tarde, llegaron al mar.

«Por la noche, soñaba a menudo con Camille... No eran sueños inmóviles. La veía caminar por unos paisajes que se movían suavemente... Tenía la sensación de que le entraban en el cuerpo por los ojos, como sangre. Pensaba: Eso es, ahora tiene Indochina en su interior...»

Con el corazón palpitante, Camille llegó primero a la cima de la colina desde la que se veía una plancha de estaño pulido, inmensa, móvil, el mar. Gritó de alegría. Luego, bajó al encuentro de Sao, la tomó de la mano, tiró, la ayudó a vencer los últimos metros de ascensión.

Los cinco contemplaron el rosario de islas de la bahía del Dragón. El padre, Sao y sus dos hijos creyeron que ya no pasarían más hambre. Camille fue consciente de que había aceptado todas aquellas pruebas para poder ver de nuevo a Jean-Baptiste.

8

Como cada mañana, Jean-Baptiste y Chung, al igual que Robinson y Viernes, atravesaban el patio del fortín hacia el pequeño hospital; el joven indochino protegía al oficial con la insólita sombrilla que él mismo había improvisado con pedazos de tela reunidos sobre un armazón de bambú. El calor era abrumador, deslumbrante: el sol se reflejaba en el recinto de muros impecablemente encalados, tan limpios, impolutos y blancos como el uniforme del teniente. Ni la menor traza de abandono en el aspecto del fuerte ni en el de Jean-Baptiste. Desde su llegada, imponía a la isla la disciplina que se imponía a sí mismo.

Como cada mañana, sor Claude le esperaba en el umbral del pequeño hospital. Como cada mañana, ella demostraba el abrumador entusiasmo de los monomaníacos.

—Tengo buenas noticias, mi teniente. Muchos de nuestros enfermos mejoran.

Como cada mañana, Jean-Baptiste, rígido, enteco, frunciendo el entrecejo con la voluntad de ignorar el absurdo de su existencia en la isla de Hong Kay, se dirigió hacia la primera cama, comprobó que el enfermo estaba exangüe, sin reacción alguna, con los ojos cerrados. Levantó con el pulgar un párpado del hombre, descubrió el vidrioso ojo de un moribundo.

—Está mejor que ayer, mi teniente —afirmó sor Claude.

Jean-Baptiste ignoró la resplandeciente sonrisa de la misionera, eligió al azar otra cama y otro enfermo, una mujer de nariz crispada y labios azulados por la asfixia.

Le tomó el pulso, rápidamente, soltó el brazo, que cayó, blando y frío como los despojos de un reptil.

—¿No está harta aún de esa mascarada? —Su voz era glacial, autoritaria, destemplada—. No puede hacer nada por ellos, excepto ayudarlos a morir.

Sabía que hablaba en vano. No intentaba convencer ni siquiera conmover a sor Claude: simplemente se aliviaba, demostraba que no se dejaba engañar, que veía con claridad la sórdida ridiculez de sus manejos, que la caridad de sor

Claude no tenía más sentido común que el saludo a la bandera que él ordenaba cada día, que nunca se dejaría atrapar como ella, que tampoco caería en las cínicas risotadas de Hébrard. Sin añadir una palabra, dejó aquel mortuorio. Chung le alcanzó en el umbral, blandió su sombrilla. Sor Claude, levantando sus grandes y fervientes manos masculinas, gritó:

—¡He curado a uno! ¡Lo he resucitado! —Cogió a Chung de los hombros—. ¡Te he resucitado, Chung! —Le besó en las mejillas—. ¡Eres mi milagro!

El joven indochino esbozó una sonrisa; intentaba, a la vez, escapar del abrazo de la religiosa y mantener la sombrilla por encima de su teniente Robinson.

—¡Eres mi milagro y haré otro!

A las doce y media del mediodía, Jean-Baptiste comía con Hébrard. Respetando las tradiciones de un comedor de oficiales franceses: vajilla blanca y cubiertos de plata.

Servía un joven annamita. Hébrard, bajo la influencia de Jean-Baptiste, había tenido que cuidar su aspecto: sus cabellos seguían siendo largos pero, al menos, estaban limpios y peinados; iba afeitado y se abotonaba el uniforme hasta el cuello.

Comían bajo un saledizo. Chung, junto al

huerto, tendía de un cordel, manteles, servilletas y vestidos para que se secasen.

—Chung nos presta servicios extraordinarios —dijo Hébrard—. Es honesto, nunca ha robado.

Hébrard había aprendido a tener cuidado, Jean-Baptiste lo había puesto dos o tres veces en su lugar; se había dado cuenta enseguida de que con el nuevo teniente mejor era evitar cierto tipo de comentarios. Lamentaba el número que le había montado cuando llegó: el tal Le Guen habría merecido descubrir por sí solo la encantadora realidad de su nuevo destino. Probablemente no se hubiera defendido tan bien y, entonces, Hébrard se habría divertido mucho. Se consolaba pensando que su paciencia se vería recompensada y que, entonces, tendría el placer de asistir a la caída de Jean-Baptiste. La caída de un ángel es un espectáculo que bien vale ciertos sacrificios preliminares. Hébrard trazó distraído cuatro surcos, con las púas de su tenedor, en el filete de pescado que acababa de cortar en su plato, y se decidió a atacar de frente:

—Conservemos a Chung con nosotros.

Alzó la cabeza, dirigió su más cándida y seductora sonrisa al tozudo de Le Guen. Jean-Baptiste, imperturbable, dejó sus cubiertos, cruzó los dedos sobre su plato.

—Chung está en plena forma —declaró—. Le devolveremos a sus patronos. Fue reclutado por los funcionarios de los servicios administrativos de Tonkín. Nada tiene que ver con el ejército francés.

El argumento del «servicio».

¿Qué podía esperarse de ese militar modelo? Y «modelo», según Hébrard, significaba caricaturesco. No sonreía ya, no comprendía por qué Le Guen se encarnizaba con él de aquel modo. ¿Qué le costaba mantener allí a Chung? Nadie le pediría cuentas. ¿No era Chung perfecto, adorable? ¿No lavaba bien la ropa, no cuidaba la casa, no había (por consejo de Hébrard, es cierto, que se divertía con ello como con un chiste que sólo él entendía) confeccionado aquella inverosímil sombrilla para proteger al teniente bretón de los excesos del sol tropical?

Ante el abatido aspecto de Hébrard, Jean-Baptiste soltó la carcajada.

—¿Qué pasa, teniente? ¿Acaso está usted enamorado...? No se preocupe, siempre hay algún Chung.

Hébrard levantó de golpe los ojos. Habría matado a aquel petimetre de oficial. A fin de cuentas, también había sido enviado a Hong Kay; sin duda, le habían castigado, no era aquel irreprochable payaso afectado que fingía ser. Su pretendido autodominio era sólo una pose, sí. ¿Qué secreto, qué falta ocultaba? ¿Qué pobreza o qué exceso de sentimientos?

—Le compadezco, Le Guen.

—Gracias, teniente. Y ruegue también por mí. Como sor Claude.

Jean-Baptiste le provocó con una nueva carcajada.

Hébrard prefirió bajar los ojos.

—¿Oye ese silencio? Es el ruido del orden. Me confió usted este puesto en un estado lamentable. Yo lo rehabilité. Hemos asombrado, incluso, a nuestros amigos chinos.

Hébrard cortó un trozo del filete de pescado. Perora, perora, amiguito, eso te tranquiliza... Jean-Baptiste proseguía con su voz átona:

—Mi venida aquí es un incidente del camino. Lo he convertido en una victoria personal. Dentro de un año regresaré a Francia, seré nombrado capitán.

Muy bien, estás satisfecho de ti mismo, tienes un porvenir, qué maravilla... Hébrard volvía claramente la cabeza hacia Chung, que, a lo lejos, acababa de tender la ropa.

Jean-Baptiste siguió su mirada y añadió, con una maldad que a Hébrard le pareció lamentable:

—Mañana al alba llegarán los barcos. Usted acompañará personalmente a Chung al campo de selección. Para él será un gran honor.

Chung atravesó el patio dirigiéndose hacia ellos. Llevaba al hombro un gran barreño vacío. Sonrió.

Parecía feliz.

9

Los juncos y los sampanes irrumpieron en la bahía poco después de la puesta de sol. Parecían otras islas, más gráciles, en las aguas del laberinto, derivando suavemente hacia la marca que dominaba Hong Kay: al extremo de un mástil, una bandera azul, blanca y roja.

Decenas de hombres, mujeres y niños se amontonaban en las cubiertas de la flotilla. No decían nada. Sólo las velas restallaban al viento, y en el agua los estraves. Cuando las embarcaciones abordaron, todos bajaron a la playa donde los agruparon a gritos y fustazos. Pasaron la noche así, esperando. Muy pocos durmieron. Los niños tenían frío. Por la mañana, comenzó la selección.

El campo se había dividido en varias zonas. En la mayor, se agrupaban aquellos que no habían sido reclutados todavía. Pasaban, por turnos, ante un «examinador». Tres franceses y tres annamitas hacían ese trabajo. Se «examinaban» los ojos, la boca, los brazos, el vientre, las piernas, los pies. Se evaluaba la edad, la salud, la resistencia, la fuerza muscular. Luego, según la nota atribuida, les era asignada un área en la que colocarse.

Tres áreas dividían a los reclutas en otras tantas categorías: trabajadores de gran calidad, de calidad media y de inferior. El marido podía ser designado «de gran calidad»; su mujer, «de calidad inferior». Era la ley del mercado. Nadie protestaba. El hombre y la mujer se lanzaban algunas palabras mientras los guardias, sin contemplaciones, los separaban. Ignoraban a dónde iban los patronos a enviar al otro. No se habían preparado para la separación. Existían pocas posibilidades de que volvieran a encontrarse algún día.

Unas estacas delimitaban las áreas de selección. Unos guardias annamitas, con el arma al hombro, circulaban entre los grupos de distinta categoría.

Quedaba una última zona, al pie de las rocas: la de los reclutas rechazados por su «mala calidad».

Dos cosas habían sorprendido a Jean-Baptiste, al principio, cuando había acudido al lugar, antes del alba, para hacerse cargo del trabajo que cubría con su responsabilidad de oficial de la Marina francesa.

Primero, la velocidad con que se efectuaba la selección. Pocos segundos bastaban a los «examinadores» para puntuar a los reclutas, separar las familias. Examinaban ojos, bocas, músculos: no pensaban que entre sus manos pasaban hombres y mujeres. Jean-Baptiste había intentado ponerse en el lugar de aquellos funcionarios del reclutamiento: blancura de la córnea, número de caries, tono de los músculos, y ni un solo instante se evalúa la calidad del destino que se asigna.

¿Pero cómo apreciar vidas humanas que no se defienden? La otra cosa que sorprendía en aquel mercado de esclavos era el silencio que precedía y seguía a cada drama. Jean-Baptiste los detestaba por dejarse tratar así. Se le parecían. Alguien ordenaba: tú aquí, tú allá, Jean-Baptiste a Hong Kay. Y éste, aquélla y Jean-Baptiste se inclinaban. ¿Qué diferencia había entre su modo discreto, tímido de decir adiós a su mujer por encima del hombro de un guardia que los empujaba hacia la zona de selección y el del teniente Le Guen siguiendo los pasos del almirante y apenas capaz de dirigir una sonrisa a la muchacha dispuesta a desafiarlo todo por él?

Hébrard llegaba siempre el primero al embarcadero. Se instalaba tras una mesita, a pocos metros de donde se desarrollaba la selección. Por lo general, Castellani, un gran corso de frente estrecha, delegado por la Policía de Saigón, se colocaba a su lado y soltaba, como eructos, algunos comentarios desagradables sobre el «ganado» que desfilaba ante ellos.

Cuando Jean-Baptiste llegó a su vez, aquella mañana, escoltado por dos soldados annamitas, advirtió enseguida que algo marchaba mal. Hébrard no dejaba de secarse el sudor de las cejas con un pañuelo sucio.

Castellani lanzaba furibundas miradas a su alrededor.

—Ahí los tiene, dóciles, sentados sobre sus talones —dijo Hébrard—. Pues bien, un día se levantarán juntos y tendremos que marcharnos.

Jean-Baptiste estaba acostumbrado a las sorprendentes declaraciones de su subordinado. Hacía tiempo ya que les oponía la más seca frialdad. Sobre todo los días de «mercado de esclavos»: su cuerpo, su uniforme, sus simbólicas funciones de oficial del imperio colonial francés estaban representadas allí. Por lo que a él, Jean-Baptiste Le Guen, concernía, se hallaba en otra parte. Ausente. Absorto. Sin embargo, aquella mañana dos hechos le llamaron la atención: Hébrard y Castellani hedían a miedo; eran sólo unos pocos blancos entre varios centenares de annamitas.

—¿Qué ha ocurrido?

Hébrard, tapándose la nariz con su pañuelo hecho una bola, le mostró la pequeña rada, bajo el embarcadero.

Allí, en un metro de agua, había unos cepos fijados a unas estacas. Destinados a castigar a los recalcitrantes. Jean-Baptiste nunca había permitido que se utilizaran. Tampoco se había presentado nunca el caso.

Una mujer, un hombre y un adolescente estaban ahora en los cepos, medio sumergidos. Dormían el desagradable letargo del agotamiento, el letargo de quien renuncia. Ante la mujer flotaba, con la garganta abierta, un niño.

—Un intento de sublevación —explicó Hébrard.

—Querrá decir un motín —gritó Castellani.

Hébrard se secó cuidadosamente las cejas.

—Se han sublevado, han exhortado a los demás y han lanzado gritos de guerra...

Con maligna alegría advirtió que el pequeño teniente estaba pálido, tan blanco como la chaqueta de su uniforme.

—Era preciso hacerlos callar. No podíamos cargárnoslos, eso habría alertado a todo el mundo.

Jean-Baptiste había cerrado los ojos.

—¿Pero y el niño?

—¡Un peligro público! —exclamó Hébrard, preguntándose cómo exagerar lo innoble, cómo ganarse el placer de ver desmayarse a Le Guen—. ¡Un histérico! ¡Un diablo gesticulante! ¡Aullando!

El teniente, en efecto, no puede impedir mirar de nuevo aquellos cuerpos encadenados, se lleva la mano a la boca, va a vomitar.

—Contrólese, teniente, le están mirando...

Hébrard había logrado su revancha. Sería breve, pero no iba a perdérsela. Chung estaba a menos de cien metros, arrodillado entre los reclutas de «gran calidad». Él mismo había tenido que empujarle hasta la mesa de los «examinadores». Ciertamente, Chung no opuso resistencia. Había sido mucho peor: Hébrard no se había atrevido a acariciarle la mejilla como despedida. Había tenido que limitarse a esa última mirada, como si fuera un perro abandonado en la carretera. Y ahora el pequeño teniente va a desmayarse, se permite, en abstracto (¡qué abstracto era ese Le Guen!), desaprobar sus órdenes para sofocar el motín de una familia de exaltados. ¿Quién era él para juzgar el bien y el mal? ¿Para elegir, contra Chung, a aquel chiquillo degollado?

—Nadie ha visto lo que ha ocurrido —explicó Hébrard como si insinuase: si ahora sucede algo, usted será el único responsable.

Jean-Baptiste hizo esfuerzos para sobreponerse. Posó largo rato su mirada en la muchedumbre de coolies, arrodillados o agachados en las zonas de selección; ni uno solo le miraba; nadie se hubiera atrevido. ¿Qué rebelión podían temer, Hébrard y Castellani, de aquel rebaño sometido? Jean-Baptiste no sabía si despreciaba más a los coolies, a Hébrard y Castellani o a sí mismo. ¿La aceptación de las víctimas o la falta de moral de sus dueños?

Por lo tanto, tuvo que impresionarle la única muchacha que no había bajado la cabeza. De buenas a primeras, no vio bien su rostro. Estaba lejos y, además, con aquellos rostros manchados de polvo y los cabellos despeinados, todas se parecían. Todas se parecían pero, se dijo de pronto, ella no. Aquella cabeza erguida sobre centenares de dóciles nucas expresaba el valor, el orgullo, la negativa a someterse. Un recuerdo, una emoción, algo despertó lentamente en su interior. Había conocido ya aquella fuerza atractiva de un rostro de muchacha cuya distancia difuminaba los rasgos sin disminuir en absoluto el orgullo y el ardor que emanaban de ella. Volvió a surgir la imagen, la sombra blanca de un vestido en lo alto de una escalera, a contraluz, ante las ventanas brillantemente iluminadas de una fiesta. Entonces, antes de haberlo comprendido por completo, antes de haber dado nombre a aquel rostro y a aquel recuerdo, recorrió el embarcadero hacia las zonas de selección, sin separar de ella los ojos, sin cuidarse del brusco silencio que había caído sobre el campo. Dejó atrás la mesa de los «examinadores», bajó a la playa, se abrió camino entre los coolies. Camille se había levantado al verle acercarse. Se mantenía erguida, inmóvil. Había adelgazado. Toda la fuerza que le quedaba se había concentrado en sus ojos, brillantes de fiebre.

Aproximó la mano al rostro de Camille. Recuperó, como un gesto natural, la púdica caricia con la que cierto día había limpiado la sangre de su pecho, y con la punta de los dedos limpió en sus mejillas el polvo de un largo viaje.

—¿Has llegado hasta aquí... por mí?

La sintió flaquear. El abandono de quienes acaban de llegar al final. Luego, se recuperó y asintió con un simple y breve movimiento de cabeza. Resistió la necesidad de rodearla entre sus brazos. Seguía acariciándole la mejilla, indiferente al estupor de los coolies que se levantaban, uno a uno, y contemplaban el extraño espectáculo. En el embarcadero, Castellani le escupía a Hébrard:

—¿Qué coño está haciendo? ¿Busca una congay o qué?

En todo el campo, los coolies habían comenzado a murmurar, algunos se levantaban, otros rompían las filas, comenzaban a buscar, entre los centenares de cabezas, la mujer, el marido o el hijo del que habían sido separados.

—Van a despellejarnos —gruñó Castellani—. Haga algo... vaya a buscarlo...

Jean-Baptiste pasó un brazo por los hombros de Camille. La sostuvo para atravesar la playa entre los coolies que se apartaban a su paso, conscientes de que estaba produciéndose una especie de milagro. Camille se estremecía; caminaba como una sonámbula.

Jean-Baptiste la llevó, dulcemente, hasta el embarcadero, donde Hébrard, Castellani y los reclutadores comenzaban a sentir pavor.

—¡Está usted completamente loco, cagüendiós! ¡Vamos, ordene que embarquen!

¿Qué iba a responder? Jean-Baptiste miró a Hébrard, lívido, chorreante de sudor; advirtió que no había pensado en las consecuencias de su acto y que le importaba un pepino. Se disponía a decir «Arrégleselas como pueda, amigo» cuando Camille aulló, separándose de él:

—¡Sao!

Había visto al hombre, a la mujer y al adolescente colgando de sus cepos y el cuerpo del niño medio sumergido:

—¡Sao! ¡Sao!

La mujer no le oía. Su mirada seguía fija, petrificada entre la vida y la muerte. Camille se lanzó hacia la pasarela que bajaba a la pequeña rada de los cepos. Castellani saltó, la alcanzó en dos zancadas. Camille se resistió.

—¡Usted los ha matado! ¡Sólo querían permanecer juntos! ¡No han hecho nada malo! ¡No querían separarse!

Cuando, meses más tarde, la leyenda de Camille y Jean-Baptiste recorría los poblados, llevada por las compañías de actores ambulantes, el momento cumbre de la pantomima, la escena que arrancaría aplausos y haría vibrar a los campesinos, que hablarían largo tiempo de ella añadiéndole nuevos detalles y nuevas sorpresas, esa escena sería lenta y trágica como una danza de la muerte. En realidad, duró sólo el instante de una crisis, cinco o seis segundos.

Camille logró soltarse de las manos de Castellani. Jean-Baptiste la cogió a su vez, para protegerla. Nada podía calmar ya su odio; se debatía con el enmarañado salvajismo de un ataque de nervios. Hébrard se arrojó sobre ella, le puso la mano en la boca: hacer callar a esa loca, el campo hierve, logrará que nos degüellen. Desenfundó la pistola, apoyó el cañón en la frente de Camille. El disparo se perdió en el vacío: Jean-Baptiste había empujado brutalmente a Camille y, con el mismo impulso, se lanzó con todo su peso contra Hébrard, que cayó sobre las tablas del embarcadero y soltó la pistola. Sin una vacilación, Camille se apoderó del arma, se inclinó sobre Hébrard y le apuntó a la sien. Con los ojos desorbitados, apenas tuvo tiempo de comprender que iba a matarle: una pequeña y sucia paranoica. Su cráneo estalló.

Sangre, restos de cerebro salpicaron la ropa y el rostro de Castellani que se hallaba muy cerca de Hébrard e iba a interponerse.

—¡Deténganla! —ladró con una mueca de miedo y asco, limpiándose la sangre y los sesos que le manchaban con los desordenados gestos de quien se defiende de un enjambre de avispas—. ¡Detengan a esa perra!

Policías blancos y guardias annamitas vacilaban. Jean-Baptiste cogió a Castellani por el cuello, estrangulándole a medias y poniéndole en la barbilla el cañón de su pistola.

—¡Vete, Camille! ¡Vete enseguida!

La muchacha se alejó unos metros hacia la isla, se dio la vuelta. Los guardias y los policías avanzaban hacia Jean-Baptiste.

—¡Vete!

Hundió el cañón de su pistola bajo la barbilla de Castellani.

—¡Quédense donde están! —gritó a los policías.

Obedecieron. Camille, por fin, decidió huir. En el campo, los murmullos se volvían rumores. Algunos coolies se agrupaban, discutían, señalaban con el dedo la increíble escena del embarcadero. Aquello olía a revancha.

Extrañamente, Jean-Baptiste reaccionó como un oficial. Protegería a Camille, era un asunto personal. Pero no provocaría un motín.

—¡Apúntenles! —ordenó a los guardias—. ¡Que no se mueva ni uno!

Además, cuanto más miedo a los coolies tuvieran los guardias y los policías, menos se ocuparían de él.

—¡Basta ya, teniente! —dijo Castellani—. Esa zorra ha matado, es mía, la quiero.

Jean-Baptiste hundió un poco más el cañón de su pistola en la gruesa barbilla del corso.

—¡Está bajo mi protección!

Vociferaba. Un modo como otro de darse valor.

Miró hacia atrás.

Camille había desaparecido. Arrastró a Castellani hacia la pasarela que bajaba a la rada.

—¡Suélteme! ¡Debe ser juzgada!

—Conozco vuestra justicia.

Empujó a Castellani por la pronunciada pendiente de la pasarela. El corso perdió el equilibrio, cayó, rodó hasta el agua, chocó en su caída con el cuerpo del niño degollado y con Sao, que colgaba del cepo. Se levantó con un grito de miedo. Lloraba. Se lanzó a la pasarela, intentó escalarla, resbaló, se hundió.

—¡No tiene usted derecho! ¡Quiero cargármela!

Jean-Baptiste encontró a Camille ante la entrada del fortín, pequeña, delgada, vulnerable, se había acurrucado en brazos de sor Claude, cuyas grandes manos masculinas le palmeaban, amable, rudamente la espalda. Sintió una súbita, absurda oleada de amor hacia la «santa loca». Ella, en su locura, en su santidad, tenía razón. Era necesario ayudar a los humildes, a los enfermos, a las víctimas. Si hubiera sabido abandonar el orgullo de una gloria mundana, habría comprendido que, salvando algunas vidas, hubiera podido ganar en Hong Kay su batalla de Lepanto.

Sor Claude los acompañó hasta el pontón, al otro extremo de la isla, donde estaba amarrado un pequeño sampán.

Jean-Baptiste hizo embarcar a Camille y se volvió a la religiosa.

—Hermana, no sé lo que estoy haciendo. Perdóneme o bendígame.

—No tengo derecho a hacerlo.

Le cogió las manos.

—Sí, lo tiene, está usted entre Dios y yo.

La monja trazó el signo de la cruz en el aire, salmodió una plegaria. Jean-Baptiste cerró los ojos, cogió de nuevo sus manos y las besó con fervor.

10

«Se dirigieron hacia el laberinto de la bahía de Ha-Long, la bahía del Dragón. Es un lugar sagrado para todos los annamitas. Los montañeses, los campesinos del sur del delta, los pescadores del golfo de Siam, todos conocen su existencia sin haberlo visto nunca. Saben la maldición que gravita sobre esas islas.

»Cuando supe que, en su huida, Camille y Jean-Baptiste habían desaparecido allí, leí todos los libros, todos los relatos que pude encontrar. Dicen lo mismo, que nunca se ha vuelto a ver a quienes, locos o audaces, han desafiado la maldición. Se hacen invisibles para los demás hombres.

»En la bahía del Dragón no hay horizonte. Sólo hay islas. Imaginé, imagino todavía su sampán que se deslizaba entre los altos acantilados desnudos y lisos. Un paisaje de cuento fantástico. Extrañamente, cuando pensaba en ellos, apenas los veía. Dos sombras minúsculas en una embarcación diminuta. Mi imaginación y mi inquietud eran como un ave marina; flotaban en pleno cielo, muy por encima del sampán. Imaginaba el laberinto, el calor, el deslumbramiento y el sol. Siempre me ha costado representarme a Camille y Jean-Baptiste juntos, como una pareja. Podría describirte a Camille bebiendo con avidez de la cantimplora. Podría describirte a Jean-Baptiste interrumpiéndola con suavidad; ella tiene sed todavía, pero él coge la cantimplora y vuelve a ponerle el tapón. Podría describirte, porque lo he leído o adivinado en los numerosos relatos, que pronto pensaron sólo en una cosa. No en su amor, ni en su fuga, ni en la ejecución de Hébrard, ni en lo que les esperaba. Sólo en una cosa: ahorrar el agua potable. Podría hablarte también de los grandes pájaros grises y marrones cuyo plumaje se confundía con las rocas. Mi imaginación los acompañaba, tan alta, tan distante, tan precisa como su vuelo.

»En realidad, pensaba en Camille y pensaba en Jean-Baptiste. Por separado. Pensaba sobre todo en Camille. Se había liberado de mí, de la señora Minh Tam, de Guy Asselin, de todos quienes, cada uno a nuestro modo, veíamos en ella a nuestra heredera. Se había liberado del fantasma de sus padres. Guy estaba intranquilo, irritable durante ese período. Me daba cada día las últimas noticias de la investigación: no había noticias. Me hablaba del príncipe N'Guyen, el padre de Camille, de su amistad, de nuestra amistad, la de los tres. Tenía ya el aspecto de un vencido y yo no me atrevía a decírselo. Como yo, había entregado su vida a ese país, no para reproducir el orden decidido por los políticos de París, sino porque se sentía indochino, amaba a Indochina más que a sí mismo y soñaba para el país un porvenir tranquilo y próspero, prudentemente gobernado por los Camille y los Tanh, nuestros hijos indochinos, la mejor porción de nuestros sueños.

»Pensaba en Camille y Jean-Baptiste por separado. Sin embargo, la conclusión de mis pensamientos los reunía: Jean-Baptiste sería para Camille, si no un hombre de paso, al menos el hombre del paso. Paso de nuestra Indochina, la de Guy, de la señora Minh Tan y la mía propia, a una Indochina nueva, inestable, que me asustaba porque no tendría en ella mi lugar. Jean-Baptiste soñaba otros sueños, a mil leguas de nuestro país y, sin duda alguna, de cualquier país conocido.

»¿Cómo hacértelo comprender? Veamos: Tanh había conducido a Camille hasta la estación de Hué. ¿Hasta qué punto no había organizado, de antemano, su fuga? Jean-Baptiste había recibido a Camille como un regalo peligroso. ¿Hasta qué punto aceptaba ser juguete de un destino cuyas consecuencias no evaluaba?

»¿Quieres que sea más clara? De acuerdo. Tanh era el hombre de la vida de Camille. Jean-Baptiste, el medio para acceder por completo a esa vida. Le utilizaron. Bueno, espero que sin premeditación... Podríamos decir que su aventura fue un efecto de la historia sobre el destino individual. Pero Tanh no creía en las fatalidades históricas. Por lo tanto...

»Los comienzos de un amor son, a menudo, los mejores momentos del amor. Camille y Jean-Baptiste los vivieron a la deriva. Tenían demasiada sed, sus lenguas estaban demasiado hinchadas, sus labios demasiado secos para hablar. Se amaron en la necesidad de sobrevivir. Empujados por corrientes sobre las que no tenían control alguno. El sampán iba a la deriva por una especie de pequeño lago, su aventura parecía concluir allí, encalmada, en un callejón sin salida. Pero, al otro lado, se abría un paso por donde la corriente los arrastraba. Pasaban rozando un arrecife rocoso donde se pudría el pecio de un junco.

»Al caer la noche, Camille se dormía. Jean-Baptiste la cubría con una manta. Luego, se rociaba el rostro con agua de mar. Él no tenía derecho al sueño. Tenía que pilotar por las corrientes, mantener la barca apartada de los escollos, salvarla de un naufragio. Imagino que le gustaba ese heroísmo sin espectadores. El niño Jean-Baptiste era un espectador inigualable: admiraba las hazañas del gran Jean-Baptiste, oficial de Marina; sus amores difíciles.

»No creas que me burlo de él. Estoy segura, por el contrario, de que fue el niño que había en Jean-Baptiste lo que les permitió salir vivos de tantos días a la deriva, de tanto sol y tanta sed. Es preciso haber trepado, a los diez años, a la copa de los árboles más altos y leído los libros más inverosímiles —Dumas, Sue, Verne, Féval y Zévaco— para proteger al hombre de lo que un adulto no podría soportar. Es preciso haber vivido el valor de Pardaillan, la desenvoltura de D'Artagnan, la locura de Nemo y del capitán Hatteras. Las últimas gotas de agua se las dejó a Camille. Y, como la cantimplora estaba vacía, depositó en la boca de aquella muchacha a la que amaba por confianza, sin conocerla, la poca saliva que le quedaba.

»Imagínatelos, Étienne. A fin de cuentas, no importa por qué estaban, desde hacía tantos días, en aquel sampán, entregados a las corrientes y al sol. No importa que se hayan dejado elegir por los acontecimientos porque supieron, con toda inocencia, convertir en leyenda esos acontecimientos. Ambos, roídos por la sal y la fatiga, se habían tendido en el fondo del sampán. Jean-Baptiste, tu padre, sujetaba el timón, Camille, tu madre, cerraba sus ojos sobre un febril sueño. No creo que vieran, frente a ellos, las suaves colinas que bajaban hacia las marismas bañadas por el mar. No creo que comprendieran que habían cruzado la última puerta del dédalo de la bahía de Ha-Long. Estaban tumbados uno junto a otro, castos y ausentes. Tal vez, como tantos otros, hubieran debido desaparecer en la bahía del Dragón...»

11

Blanco.

Un cielo blanco.

Blanco de calor.

Jean-Baptiste volvía en sí.

Una gran mancha negra.

Contra el cielo.

Jean-Baptiste se pasó la lengua seca e hinchada por los agrietados labios. Estaba tendido en el fondo del sampán. No tuvo fuerzas para volver la cabeza. Su mano palpó. Tocó una piel, otra mano. Camille estaba allí. A su lado.

La mancha negra y redonda había crecido.

El cielo fue apagándose.

Los contornos de la mancha se hicieron más precisos. Una cabeza. Un hombro. Jean-Baptiste quiso hablar. No pudo. Su lengua se había hinchado demasiado. La sed secaba las palabras en su garganta.

Esa cabeza es un sueño. Una máscara. Todo blanco contra el cielo. Cubierto de arabescos rojos y negros. Jean-Baptiste prefirió cerrar los ojos. Una alucinación.

Pero la alucinación habló. No comprendió nada. Sin embargo, reconoció el annamita. Abrió de nuevo los ojos.

Un actor. Era la cabeza de un actor. Un actor de teatro. Pintarrajeado. Maquillado.

Hizo un inmenso esfuerzo para mover los labios. Eran minerales, dos bloques de sal que ya no le pertenecían.

El actor sonrió. Aquello lo hizo más terrorífico todavía.

Jean-Baptiste consiguió murmurar:

—Sálvela... Quiero que viva...

El actor inclinó exageradamente la cabeza. ¿Le había comprendido? ¿Lo fingía? Hizo un signo a alguien a quien Jean-Baptiste no veía. El sampán comenzó a avanzar. Las cañas golpeaban la borda. Jean-Baptiste cerró de nuevo los ojos.

12

Jean-Baptiste y Camille han bebido agua
fresca, han recuperado las fuerzas. Se han sentado en el sampán, junto al actor. Se llama Xuy.
Dos campesinos han tirado de la embarcación a
través de las cañas. Ahora, otro hombre rema.
Atraviesan un largo túnel de piedra, una gruta
de techo muy bajo donde centellean los reflejos
del agua, dorados y azules. Xuy permanece en
silencio durante todo el viaje. Ignoran cuánto
tiempo hace que los ha recogido. ¿Una hora o
diez? Durante largo rato han creído soñar. Al
parecer han pasado al otro lado del laberinto,
donde se afirma que las barcas y sus ocupantes
se hacen invisibles. Se abandonaron. Era agradable creerse invisible. Sentirse llevado por la
barca del pastor.
    Cuando el sampán se acercó al semicírculo
de luz —la abertura de la gruta—, Xuy, el bar-

quero, dijo en annamita y Camille tradujo para Jean-Baptiste:

—Mi país ha sido invadido a menudo, desde hace siglos. Pero ningún extranjero conoce el acceso a este valle. Y vamos a ocultaros aquí. He recibido la orden de protegeros. No sois prisioneros, pero sólo podréis abandonar este lugar si os acompaño.

Ambos asintieron, como si la advertencia fuera muy natural. La barca había salido de la gruta.

Vieron el reverso de la bahía del Dragón. Altos acantilados marrones y grises que caían a pico sobre arrozales, canales, caminos, un paisaje sereno, ordenado, inmutable. Silencioso.

Más tarde, Xuy les condujo por una escalera cuyas vueltas y revueltas estaban excavadas en la roca. Pasaron ante una pagoda en la que un viejo bonzo pareció saludarles con una imperceptible inclinación de la frente, como si fueran vecinos desde mucho tiempo atrás.

Xuy les mostró una antigua pagoda, en el flanco del roquedal. Sería su casa. La escalera seguía hasta la cima de los acantilados.

13

Xuy los dejó solos en la pequeña pagoda.

Se sintieron intimidados. No se atrevían a mirarse a la cara.

Sabían que nunca se habían conocido.

Dieron la vuelta a la pequeña pagoda. Una sola estancia, limpia: esteras, una jarra de agua, algunos paños blancos. Un fuego caldeaba e iluminaba con una suave luz que no dejaba un solo rincón sombrío. La misma implacable intimidad que a bordo del sampán. Sin la sed ni la inquietud. La puerta daba a una terraza de tierra batida que coronaba un huerto.

Anochecía.

Se atarearon unos instantes en la estancia, fingiendo ocuparse en tareas elementales. Mientras derivaban por la bahía del Dragón, nunca habían hablado de su aventura, pues no había terminado, ni les dejaba respiro alguno: se trataba de sobrevivir. Además, no hablaban. Inter-cambiaban algunas palabras imprescindibles: beber, dormir, ¿dónde estamos?

Camille fue la primera en sentarse apoyando la espalda en la pared, al fondo de la estancia. Jean-Baptiste salió a la terraza de tierra batida. La noche era clara y silenciosa. Cuando hubo reunido suficiente valor, entró de nuevo. Se sentó también contra la pared del fondo, aunque lejos de Camille.

Sólo oían sus propios alientos en la pequeña pagoda. Se contemplaban el uno al otro con una especie de sorpresa. Se preguntaban cómo y por qué habían llegado hasta allí.

14

—No tengas miedo, Camille, aquí nadie va a encontrarnos.

—No tengo miedo.

Se echó a llorar. No secaba las lágrimas que brotaban de sus ojos.

Jean-Baptiste se arrodilló ante ella. Él mismo secó aquellas lágrimas con las yemas de sus dedos. Pensó que estaba condenado a reproducir siempre el mismo gesto cuando tocaba a Camille. Limpiaba sangre, polvo, lágrimas. Pensó que un amor se veía siempre determinado por los primeros gestos que los amantes intercambiaban. Había conocido a Éliane combatiéndola, por un paisaje de Bretaña, en la sala de subastas; la había perdido tras un bofetón que había merecido desde la primera vez y, más profundamente, por los paisajes de su infancia que hubiera debido abandonar por ella.

—Si ahora te rindes —dijo Camille—, te perdonarán. Guy te ayudará. Dirá que no eres responsable. Tu vida seguirá como antes.

Apenas la escuchaba. Había mojado un paño y limpiaba las lágrimas del rostro y el cuello de Camille. ¿Su vida continuaría como antes? ¿Como antes de qué? ¿Antes de Camille? ¿Antes de Éliane? Aquella vida ya no le interesaba. Le gustaba la pequeña pagoda. Le había gustado el sampán a la deriva en la bahía de Ha-Long. Le gustaba la loca audacia que le había dominado en el embarcadero de Hong Kay. Se había complacido en la maníaca austeridad de su papel de oficial que representaba a Francia en un pedazo de tierra del fin del mundo, le había gustado su propia violencia, su propia inconsciencia, la intensidad brutal e infantil de su propia rebelión. Obedecía a principios de los que era único juez: llevar las cosas hasta sus límites, los peores y los mejores. El único hombre valioso, creía, es el que no pacta.

—No hubieras debido protegerme —decía Camille—. No te quedes conmigo. Destrozaré tu vida.

Jean-Baptiste respondió sólo con gestos, suaves y apaciguadores, a aquellas frases pronunciadas entre sollozos. La tomó en sus brazos, la acunó y acarició como si fuera una niña. Acariciarla y acunarla le tranquilizaba, lavaba en su propio interior el tiempo pasado en los tugurios de Saigón y en el fortín de Hong Kay, le liberaba de aquel teniente Le Guen rígido, cruel y desengañado al que tanto había detestado. Había cruzado el paso tras el que uno se hacía invisible para el mundo. Se había liberado de la parte insoportable de su vida. Ahora estaba dispuesto a recuperar los sueños del niño. Y Camille, una niña también, hablaba cada vez con mayor lentitud; estaba durmiéndose.

—Quienes nos han traído aquí se marcharán al amanecer... Si mañana, cuando despierte, no estás aquí, lo comprenderé. —Se acurrucó contra su pecho—. Ignoraba que podíamos sentirnos, al mismo tiempo, tristes y felices.

Él la besó como a una hermana menor.

—Duerme.

15

Jean-Baptiste pasó la noche en la terraza de tierra batida. Había contemplado a Camille mientras dormía. No la tocaba ya. Esperaba que sus sueños fueran tranquilos.

Tres golpes dados a un gong, en la lejanía, le habían hecho salir de la pequeña pagoda. Vio, abajo, al viejo bonzo cruzando un patio, a la luz de un brasero.

Más tarde, oyó dos voces que susurraban. Xuy y el barquero charlaban en el patio. Jean-Baptiste no intentó adivinar si hablaban de él y de Camille. Se sentía sereno; no tenía sueño. Quería aprovechar las tranquilas horas de la noche. Se sentó, apoyándose en la pared de la pequeña pagoda. Pensó que de buena gana permanecería en ese lugar, fuera del mundo. Luego, pensó que eso no sería posible, que debería partir. Se dio cuenta de que no tenía ninguna idea clara acerca de su porvenir. Sólo acompañar y proteger a Camille. Se dijo que aquélla era una idea lo bastante precisa. Las circunstancias no tendrían ya importancia.

Nunca sabría si se había dormido. Recordaría —¿fue real o fue un sueño?— haber bajado por las escaleras hasta la pagoda. Haber entrado. Ver al bonzo ante el altar. Permanecer inmóvil, hierático, ante aquel anciano de rostro tan ajeno. Tener miedo. Recordaría su miedo (más bien una angustia, una interrogación), pero ya no el motivo. A menos que el motivo fuera la más simple pregunta: ¿qué estoy haciendo aquí? Recordaría que el miedo le hizo partir. ¿Pero le sacaba fuera de la pagoda o fuera de la aventura? ¿Tenía miedo del bonzo o de sí mismo? ¿De qué extrañeza tenía miedo? ¿De la del «Asia eterna» o de la suya, que Asia (el bonzo) le lanzaba a la cara?

Recordaría haber visto nacer el alba. Seguía sentado en la terraza de tierra batida, con la espalda apoyada en la pared.

Sintió de pronto una presencia. Camille, deslumbrada por el sol, estaba en el umbral de la pagoda. Cuando sus ojos se hubieron acostumbrado a la luz, vio a Jean-Baptiste. Se acercó a él, se arrodilló, le miró. Dormía. Sin embargo, él lo recordaría todo, recordaría el modo como la muchacha rozó su mejilla, como si le descubriera. Como si hubiera podido creer que tendría miedo y huiría durante la noche.

Sin moverse, él abrió los ojos, le sonrió. Le cogió el rostro entre sus manos y la atrajo contra su pecho.

16

—¡Exacto! Así, sin más...

Éliane sintió deseos de lanzarse contra aquel corso, gordo y vulgar, de aniquilarle a puñetazos, a él, su relato y sus comentarios. Su pantomima: le había puesto una pistola en la sien. Estaba furioso y enrojecido. Olía mal.

—¡Miente usted! ¡Es un mentiroso! Mi hija no es una asesina.

Estaban en la caótica oficina de Asselin, en la policía. Con los ojos apagados, fatigados tras los pesados párpados, sentado a su mesa, Asselin no los miraba.

—¿Sabe usted lo que es una cabeza que estalla, la sangre, los sesos...? —insistió Castellani—. ¡Tenía sesos por todas partes! ¡En las mangas, en la cara, en un ojo!

Asselin se levantó de pronto, con la rapidez de un animal que se lanza al ataque.

—¡Ya está bien, Castellani! Deje eso.

El corso quitó la pistola de la sien de Éliane. La agitó ante sus ojos, aullando:

—No sé si aquella chalada era su hija, pero es una terrorista, una comunista. Vi el odio en sus ojos.

«El odio en sus ojos.» La expresión era ridícula, melodramática, en la boca de aquel retrasado. Éliane hizo una burlona mueca de asco.

—Si la agarro, a ella y al mierda que la defendió, no tendré más piedad que la que ellos tuvieron con el teniente Hébrard. Un oficial de primer orden, un modelo. Sólo merecen una bala en la cabeza, como los perros.

Asselin le asió con fuerza del brazo. Con más fuerza de la necesaria: tenía la intención de hacerle daño. Ante él, nadie tocaba a Éliane.

—¡Basta ya, Castellani, salga!

Empujó al corso y su pistola hasta la puerta, los echó fuera. Éliane se había derrumbado sobre una silla.

—Quiero ir, Guy. La encontraré.

Él le acarició torpemente el hombro. No estaba acostumbrado, sobre todo en aquella oficina, a los gestos de consuelo. Además, Éliane no habría sido Éliane, no podía consolarla. Se sintió traicionado. Traicionado por Camille. Cuando Castellani había llegado para informarle del asesinato de

Hébrard, primero había pensado: Ya está, he perdido. Había perdido con Tanh, ahora perdía con Camille. Había visto crecer a ambos mocosos. Con ello crecía su idea de una Indochina moderna en la que serían la elite. El mandarín y el ingeniero. La tradición y el siglo XX. Ésa era la Indochina que había soñado para ellos. ¡Y la pequeña imbécil trepanaba de un disparo a un oficial francés!

—No digas tonterías. Déjame hacer mi trabajo.

Fue a abrir otra puerta. Hizo entrar a Minh, el colaborador indochino en quien más confiaba, siempre hay que confiar en alguien.

—¿Te ha puesto al corriente el corso?

Minh asintió. Sorprendentemente, tenía el aspecto de su trabajo: enigmático y banal.

—Te irás con él. Oficialmente estás bajo sus órdenes. Pero me informas a mí. Quiero a esa muchacha, Minh, como si fuera mi hija.

—¿Por qué mandas a Castellani en su busca? —preguntó Éliane—. Si la encuentra, la matará.

—Le envío, Éliane, porque nunca soltará la pista. Pero Minh estará allí, confía en mí. Si un día debe elegir entre Castellani y Camille...

Las miradas de los tres se encontraron. Éliane eligió sonreír al indochino. Sonreía ya. Pero, evidentemente, sonreía siempre. Era su forma de impasibilidad.

17

Por aquellos días, Émile Devries advirtió que no era ya el patrón. Había peleado durante años. Primero con la competencia, en el comercio de vinos —no era tan fácil tener siempre provisiones y mantener la exclusiva del mercado del comercio con la tropa—. Luego con los heveas —necesitó mucho valor para jugárselo todo en árboles que no darían nada durante siete años—. Finalmente, con Éliane —un hombre como él, un aventurero, ¿qué sabe de las necesidades de una muchacha, salvo su propio deseo de que sea la más hermosa, la más fuerte y la más feliz?—. Había ganado todos sus retos, salvo el de ofrecer la felicidad a su hija. La felicidad no se ofrece, se aprende o se conquista. Y ahora Camille había desaparecido y no le decían nada.

Éliane regresaba por la noche; él la esperaba en la terraza, sentado en su sillón de enea, frente a la escalera. Ella le miraba en silencio. La dejaba hablar primero. Pero ella no lo hacía. Entonces, se obligaba a preguntar:

—¿Qué ha dicho Guy?

Éliane no respondía. Émile insistía, y eso le humillaba:

—¿Qué quería?

Éliane seguía sin responder. Habría querido poder hablar con el gobernador o los oficiales de Asuntos Indígenas. Pero todos los que conocía habían muerto o habían sido trasladados. Y, además, las cosas habían cambiado: ahora era Asselin quien detentaba el auténtico poder. Asselin no le diría nada. Amaba demasiado a Éliane.

Éliane, por su parte, le diría más tarde a Étienne, sencillamente:

«No respondí a mi padre, Camille era mía. No quería hablar de ella con nadie.»

Éliane se acostumbró a depositar ofrendas en una pagoda cercana a la plantación.

«Tenía la impresión de que, callando, la protegía. Que mi silencio ocultaba su crimen y que con el tiempo se olvidaría.»

18

El tiempo pasaba.

Todo el mundo sabía que, un día u otro, por los caminos de Tonkín tropezarían con un blanco, un «nariz larga» que gritaba mucho y que les haría preguntas. Cuando le veían llegar, todos lo celebraban. Iban a formar parte de la leyenda que circulaba de pueblo en pueblo.

Los mejores narradores, en las veladas, lo ponían en escena por una carretera donde su automóvil se había atascado. Eran cómicos cuando imitaban su furor de «nariz larga» y parodiaban sus injurias a la francesa:

—¡Qué mierda de país! ¡Estoy hasta los huevos!

El «nariz larga» iba acompañado por un annamita cuyo nombre era Minh. Por lo general, el «nariz larga» (alto, gordo, con el aspecto idiota y peligroso) le gritaba mucho. Y él, Minh, afirmaban los narradores, sonreía. Indefectiblemente. El tal Minh era un hombre de la Policía. Pero un agente secreto muy alegre. Su alegría, aseguraban los narradores, encolerizaba mucho al «nariz larga». Pero es que se encolerizaba con mucha facilidad...

La historia preferida de las que corrían por los pueblos era aquella en la que, una vez más, el automóvil estaba atascado y un campesino, un anciano, se acercaba haciendo reverencias («leis») al «nariz larga», que empujaba en vano el automóvil. Entonces el «nariz larga» gritaba, porque no hablaba, gritaba siempre:

—Ese viejo macaco haría mejor ayudándonos en vez de hacer tantos arrumacos.

En el poblado, todos movían tristemente la cabeza: decididamente, esos «narices largas» no tienen educación. El narrador esperaba esa reacción. Los dejaba mover un instante la cabeza y, luego, adoptaba la voz de Minh, el indochino al servicio de los blancos:

—Te saluda porque eres un hombre respetable.

La concurrencia aprobaba, entonces, la cortesía de Minh, pero no apreciaba en absoluto la deferencia que suponía. Y en aquel momento, el narrador, utilizando aún la voz de Minh, añadía:

—Un blanco.

En los poblados de Tonkín se reían mucho de aquella agudeza del diálogo. Se puede, se debe saludar a un hombre respetable; pero un «nariz larga», enviado por la Policía de Saigón, no podía ser un hombre respetable.

Sin embargo, lo más divertido venía luego. Seguían las peripecias que podían esperarse cuando un blanco atasca su coche en un lodazal. Exigía bueyes para que tiraran del automóvil. Gesticulaba, pretendía dirigir la maniobra. Soliviantaba a decenas de niños que se burlaban de él y les preguntaba:

—Soldado francés alto y muchacha annamita. ¿No visto?

Minh traducía con reticencia y parquedad. Minh era un agente secreto alegre pero lacónico.

Los niños reían. No, no, no visto. Y, de pronto, uno de ellos se palmeaba la frente. Gritaba dos nombres. Los nombres indochinos, legendarios ya, de Camille y Jean-Baptiste.

—Sí, sí, son ellos —afirmaba Castellani—. Ya está, ya está, ¡por fin una pista!

Y entonces llegaba lo más divertido. Cuando los niños llevaban al «nariz larga» ante sus madres, reunidas para lavar la ropa a orillas del río. Los más despiertos o los más desvergonzados explicaban con entrecortadas palabras, risueños, la razón por la que el «nariz larga» los seguía. Entonces, las madres levantaban la mano, señalaban una al sur, la otra al norte, la tercera al este, al oeste la cuarta. Eran doce o veinte. Y otras tantas direcciones. El «nariz larga» gritaba inútilmente. Luego, volvía a su automóvil arrastrado por dos bueyes. Le decía a Minh:

—Nos están tomando el pelo.

Minh era todo sonrisas.

—Ahora y siempre —recitaba—, por los siglos de los siglos...

19

Sin embargo, tras semanas de investigación, Minh y Castellani fueron a dar cuentas de sus progresos.

Asselin los había citado en un templo chino. Al señor director de la Policía le encantaba dar citas extrañas. Elegir el lugar era obtener ventaja.

Llegó seguido de dos adolescentes que llevaban sus maletas.

—¿Ha tenido un buen viaje, señor director? —preguntó Minh.

—Útil, pequeño Minh, útil como siempre. China es el gran depósito. ¿Y ustedes?

Minh siguió a Asselin hacia la gran sala del templo. Allí estaba Castellani. Parecía abatido.

—Bueno, Castellani. Estoy hablándole.

En el centro de la sala, una mesa, a cuyo alrededor había una decena de personas: los responsables de la redes auxiliares, agentes secretos y chivatos. Todos indochinos.

—Nada —murmuró Castellani—. Nada, claro... Hace más de cuatro meses que damos vueltas por Tonkín. Pues nada. Nuestras redes de chivatos (tendió una desengañada mano hacia los indochinos sentados en torno a la mesa): nada... Amenazas: nada... Promesas de recompensa: nada... Está claro: o están en China o se han ahogado. Debemos detener el gasto. Yo abandono...

—¡Ni hablar! La encontrará usted, no tiene nada más que hacer. La encontrará aunque deba emplear toda su vida.

Asselin había puntuado sus frases golpeando a Castellani en los bíceps, pequeños golpecitos secos, malignos, dados con los dedos. ¿Pero qué le había pasado al maldito corso, que ni siquiera era capaz de llevar a cabo una venganza? Asselin había permanecido algún tiempo en China por obligaciones profesionales, es verdad, pero también para no tener que seguir soportando las preguntas y las angustias de Éliane.

—El inspector Castellani tiene razón —dijo la voz risueña de Minh—. Nunca la encontraremos.

Asselin palideció. A fin de cuentas, Castellani no había obtenido más resultado que una mula: estaba previsto. ¿Pero y Minh? Pensó en lo que debería explicar a Éliane, en las tranquilizadoras mentiras que debería inventar para ella. ¿Hasta cuándo? Se sentía cansado de antemano.

—Detened las investigaciones —dijo.

Castellani arqueó las cejas hasta que cubrieron su estrecha frente.

—¿Qué está diciendo?

—Detened las investigaciones.

Con el dorso de los dedos, Asselin golpeó violentamente el hombro del corso, como si golpeara, de volea, una pelota de tenis, con la esperanza —raras veces recompensada— de que la fuerza del golpe compensara los defectos de su impaciente táctica.

—¿Está claro o no? —chillaba a Castellani, que se manoseaba el brazo dolorido.

20

Aquella noche, Asselin se dirigió a Cholon. Se sentó en una vieja casa, en la cantina ambulante del mercado. Y lloró.

Con la vista nublada por las lágrimas, contempló aquella muchedumbre indochina que se apretujaba a su alrededor. Escuchó cien reflexiones burlonas y no reaccionó, como si hubiera olvidado que hablaba todos los dialectos de Indochina. Era un «nariz larga». Lloraba. Eso es todo. Tenían razón tomándole el pelo.

21

Es una mocita genial,
Elástica, realmente fantástica.
Llega con sus pies a la cabeza
Y con las plantas se tapa las orejas.

Habría sido difícil que hubiera algo más parisino, más de Montmartre, en aquel escenario de café concert.

Atrás quedaba la humedad tropical. Los grandes ventiladores de cobre sólo giraban para llevar el compás. El compás de las incitantes caderas de Yvette Chevasson, de sus empolvados hombros y sus brazos carnosos. El compás de las plumas que se había puesto en la popa. Hermosas caderas, hermosos hombros, hermosos brazos y hermosa popa, si debía creerse por la expresión extática, champanizada expresión de los ricos chinos y los militares franceses que palmeaban en la sala. Los puños de los camareros estaban sucios, pero las maneras eran las mismas: tenían un modo de poner boca abajo las botellas de Dom Pérignon, con el cuello en el hielo, que os hacía creer que estabais en el Dôme o en la Coupole, sobre todo si nunca habíais puesto los pies allí. Mistinguett y Joséphine Baker sólo eran conocidas por las fotografías de las revistas.

Yvette Chevasson tenía sobre ellas la ventaja de que se movía, y sin cursilerías, y con más carne que huesos.

> *Cuando está en el catre*
> *Las cierra y las abre*
> *Se pone en cuclillas*
> *Toma carrerilla...*

Hacía meses ya que Éliane no se reía. Sin embargo, en cuanto hubo cruzado la puerta del local adonde Asselin la había invitado, estuvo a punto de reírse tanto que no hubiera podido entrar. Se limitó a fruncir los labios y abrir de par en par los ojos.

Valía la pena el espectáculo de la esposa de su ex administrador que, con profesional seguridad, hacía su número en el pequeño escenario, tras un quinteto de torpes músicos.

Levanta las piernas,
Las abre y las cierra,
Es grande y es ancho
Lo de la moza de caucho.

Éliane descubrió a Asselin en la mesa más cercana a la orquesta. Como todo el mundo, seguía el compás con las palmas. Éliane dominó una postrera carcajada nerviosa, como dominaba todos sus sentimientos, y se sentó frente a Asselin. Sorprendido, éste dio una palmada más, se incorporó a medias y la saludó. Éliane habría jurado que se había ruborizado.

—¿Tu sorpresa era ella? —preguntó señalando a la emplumada Yvette que se agitaba en el escenario.

Asselin asintió con una sonrisa. Éliane agradeció que la sonrisa no pareciese demasiado tonta.

—Está bien formada —admitió.

—¡Ah! —dijo Asselin, súbitamente relajado—. ¿Te has fijado también?

Si os echa mano, no es un desastre
Aunque os deje para el arrastre...
Porque tiene gancho
La moza de caucho...

Yvette había visto a Éliane. Comenzó a esmerarse en su honor. No era difícil. La canción se prestaba. Las alusiones de doble sentido llenaron de alegres gritos la sala.

—¿Cómo estás? —preguntó Asselin.

—Esta noche, bien... Invitarme aquí ha sido una buena idea.

Yvette había terminado su canción. Enviaba besos a todos los hombres de la sala, que aplaudían hasta destrozarse las manos. Ella saludaba una y otra vez.

La orquesta acabó con su triunfo. Comenzó a tocar un vals. Algunas parejas se levantaron para bailar. Yvette tuvo que renunciar a un nuevo saludo.

Éliane se inclinó hacia Asselin y le dio un beso en la mejilla. Con ternura. Con una especie de antigua connivencia, él le cogió la mano.

Entonces apareció Yvette, alegre y agitada, llevando en los brazos una cubitera para champaña que puso sobre la mesa.

—¡El champaña corre por mi cuenta! —Se inclinó hacia Éliane y dijo decididamente—: Permítame que la bese...

Éliane la dejó hacer.

—Es un placer volver a verla. Sobre todo después de lo que le ha pasado. No es agradable.

Y, sin dejar de mirar a Éliane con aquel aire canalla que tan bien le sentaba en el escenario y que no era muy distinto de la idea que Éliane se había hecho siempre de ella (sobre todo cuando Yvette quería jugar a la «burguesa»), se sentó a la mesa.

—¿Están bien sus hijos? —preguntó Éliane.

¿Qué podía decirle, salvo las frases de indiferente cortesía que habría dicho si la esposa del administrador, por ejemplo, hubiera regresado de un largo viaje?

—Raymond se los ha llevado con él a Francia. En cierto sentido, eso me facilita la vida. Pero por otro lado, cuando pienso que están a diez mil kilómetros, lloro como una chiquilla.

Afirmaba su tristeza con los ojos secos y risueños. Éliane se levantó.

—Perdóneme usted, querida Yvette, pero debo marcharme.

Asselin se levantó a su vez, de golpe. Comprendió que había invitado a Éliane sólo para escandalizarla. Tal vez para mostrarle cómo sería pronto su vida: sentarse a la misma mesa que algunas Yvette. Pero ahora lamentaba el pequeño y mezquino placer que se había permitido. ¿Cómo había podido olvidar que Éliane sabría salir siempre indemne de semejantes situaciones, que la afrenta la recibiría siempre Yvette? Y él.

Por otra parte, los labios de Yvette, que evidentemente sólo estaban hechos para la diversión, sobre todo durante las siestas, se fruncían.

—¿No quiere usted beber conmigo? Pues se lo ofrecía con la mejor voluntad... No tiene ya razón alguna para mostrarse orgullosa con todo lo que cuentan acerca de su hija. ¡Y en Saigón también se habla de usted!

Asselin admiró el dominio que Éliane demostraba. Él no lo habría hecho mejor.

—Sí, mi querida Yvette —dijo—: «No es agradable.»

Se había dado el placer de imitar con malicia a la «moza de caucho». Y, como último desaire, se alejó entre las mesas del local con un movimiento de las caderas tan ajustado que su simple belleza bastó para atraer todas las miradas.

22

Pese a la frustrada velada, Éliane y Asselin continuaron viéndose cuando ella iba a Saigón para resolver asuntos de la plantación. No se reunían ya en la mesa del Continental. Ella no habría soportado las miradas ni escuchar los murmullos o las reflexiones sobre Camille. Asselin lo había comprendido y la citaba en las calles más apartadas de Cholon, lejos de los grandes casinos y los reputados burdeles. Caminaban uno junto al otro. Los seguían dos carricoches cuyos conductores charlaban en voz muy baja.

Normalmente, Éliane apenas hablaba. Esperaba que Asselin le comunicara las últimas noticias de la investigación. Nunca había nada nuevo, pero, Asselin se recreaba en los detalles insignificantes para complacerla, tranquilizarla un poco y mantener su esperanza.

Otras veces, ella se desahogaba. Sin duda estaba muy sola, pensaba Asselin, pues no era aficionada a las confidencias. La escuchaba con atención. No sabía qué hacer para consolarla.

—Esta mañana he necesitado una hora para reunir el valor de levantarme e ir hasta el cuarto de baño. A mediodía he preparado con Kim el jalonado de una parcela: durante diez minutos sólo he pensado en mi plantío de heveas. Y luego, hace un rato, al vestirme, he caído de rodillas y me he puesto a sollozar. Y ahora estoy aquí, casi alegre... A veces, la desesperación disminuye: puede parecer que se ha evaporado. Terminado... Otras, me domina por completo. ¿Me juras que no estás ocultándome nada?

—Siempre es lo mismo. Por todas partes dicen que la han visto; los confidentes se están volviendo locos. Comprobamos cada pista, pero, a fin de cuentas, nada. Se está convirtiendo en una leyenda, una Juana de Arco de Indochina.

—¿Sigues creyendo que está viva? Dime la verdad. ¿Vas a encontrarla?

—Sí, la encontraré.

23

Una mañana, Xuy y tres hombres del pueblo se presentaron a la puerta de la pequeña pagoda. Xuy entregó a Camille una bolsa de tela y le pidió que metiera en ella todas sus cosas. Al oír las preguntas de Jean-Baptiste, respondió: «Se van ustedes.» Era evidente que no diría nada más. Jean-Baptiste tomó la bolsa de tela de manos de Camille y comenzó a meter sus escasas pertenencias.

Camille estaba encinta de ocho meses. Aunque su vientre, bajo el negro blusón, era enorme, su rostro y sus miembros seguían siendo muy delgados. Extrañamente, su preñez la hacía parecer más joven todavía, casi frágil.

Uno de los hombres cogió la bolsa de tela. Xuy dijo a Camille que bajara en primer lugar, que Jean-Baptiste se les uniría más tarde. Acompañada por dos hombres, salió de la pequeña pagoda; se dio la vuelta e intercambió una mirada con Jean-Baptiste. Después de más de diez meses, se habían acostumbrado a vivir allí, en la miseria y la tranquilidad. Le parecía que no necesitaban nada más. Aguardaban el nacimiento del niño. Lo imaginaban, de antemano, creciendo en aquel refugio, lejos del mundo, y no lo lamentaban en absoluto.

Jean-Baptiste le sonrió para darle valor. Su hijo no nacería allí, la aventura volvía a comenzar. Camille tenía miedo.

Bajó la escalera con dificultad. El menor esfuerzo le costaba. Delante, los dos hombres se impacientaban, y la alentaban para que apresurara el paso.

En el patio, ante la pagoda, un grupo de desconocidos discutía. Sus voces y sus gestos eran nerviosos. Camille se detuvo para descansar y apoyó las manos en los riñones. Uno de los hombres que la acompañaban le gritó que se apresurara.

Los desconocidos interrumpieron su conversación. Uno de ellos se volvió hacia Camille. El rostro era más flaco y había envejecido, pero no cabía duda: era Tanh. Vestía traje europeo y llevaba sandalias; fumaba un cigarrillo.

Al reconocerle, Camille se sintió primero sorprendida. Aliviada luego. De pronto tuvo menos miedo de lo que le aguardaba.

Tanh se separó del grupo y, con pasos rápidos, decididos, se acercó a ella. Durante unos instantes, no logró controlar por completo su emoción. Miraba fijamente a Camille. Ella tuvo la sensación de que la escrutaba, con aquella especial intensidad que le recordó su despedida en la estación de Hué. Involuntariamente, sus ojos se dirigieron al redondeado vientre de Camille. Su expresión se volvió indiferente y fría.

—No podéis quedaros más tiempo aquí —dijo—. Tenemos que ocultar a personas más importantes que vosotros.

Ella se acercó. Estuvo a punto de tender la mano, tocarle, pero no se atrevió.

—¿Nos has protegido tú?

—Cuando supe que habías ejecutado a un agente del colonialismo y que un oficial francés había desertado para seguirte, creí que seríais útiles a la causa. Tenía razón. El buró político aprobó mi iniciativa.

Decepcionada, Camille no tuvo ganas ya de tocarle. Hablaba con voz metálica, impersonal, como si recitara una lección.

De todo aquello que le había gustado de él —aquella equilibrada mezcla de fuego y dominio—, sólo encontraba ya un simulacro: frialdad y nerviosismo. Tanh dio una última calada a su cigarrillo, lo arrojó al suelo y lo aplastó metódicamente con la punta de su sandalia.

—Ven con nosotros, Camille. El Partido te necesita.

Ella dio un paso atrás, como si intentara contemplar las cosas con mayor perspectiva, hacerse una idea más clara de aquel irreconocible Tanh. Había vivido diez meses fuera del mundo. Él no podía comprender qué agresivas le parecían su voz, sus palabras y su propia persona.

—Jean-Baptiste me salvó —dijo Camille sencillamente—. Llevo su hijo. Le amo. Nada, nadie podrá separarme de él.

Instintivamente, volvió la cabeza hacia las escaleras. Jean-Baptiste bajaba los peldaños, escoltado por Xuy y otro hombre. Tanh siguió la mirada de Camille.

—Podría lograrlo por la fuerza —dijo—. Si fuera necesario, no vacilaría.

Una súbita inquietud brilló en los ojos de Camille, y la ligera sonrisa de Tanh no logró apaciguarla.

Jean-Baptiste y sus dos acompañantes habían llegado a los últimos peldaños y se dirigían hacia ellos.

—Xuy os acompañará —dijo Tanh en annamita—. Intentará lograr que entréis en China. Es lo último que puedo hacer por vosotros.

Apenas se tomó la molestia de mirar a Jean-Baptiste, a quien Xuy llevaba más lejos, hacia la

pagoda. Iba a darse la vuelta, su mano buscaba
ya un cigarrillo cuando Camille le preguntó:

—¿Sabes algo de mi madre?

También ella habló en annamita. No quería
que Jean-Baptiste comprendiera su pregunta.

—Nada —replicó Tanh—. Ni de tu madre ni
de la mía. Todo eso está ya muy lejos para mí.

24

Viajaron con la compañía teatral de Xuy. En teoría, la idea era excelente. ¿Quién habría pensado en controlar a unos actores ambulantes? Hacía siglos y siglos que esas compañías recorrían los caminos de Indochina. Formaban parte de la propia vida del país, casi de su paisaje.

En realidad, las primeras semanas fueron terribles. A Camille le quedaba poco para dar a luz y su estado la agotaba. A menudo dormía, con incierto sueño, en el interior de un carro cubierto. Hacía mucho calor. Sudaba. La sed o los baches del camino la despertaban sobresaltada. Veía a Jean-Baptiste, agachado a su lado. Intentaba darle algo de aire fresco agitando un abanico. Iba con el pecho desnudo, se sentía agotado también por el confinamiento y el calor. Adelgazaba. Se le veían claramente las líneas de las costillas y los músculos. A ella le parecía muy hermoso, muy enternecedor y ridículo agitando a toda velocidad el abanico en cuanto abría los ojos.

Habían vivido casi solos en su retiro. Les llevaban la comida, dos veces por día. Algunas sonrisas y algunas reverencias, nada más. La mujer que les había servido, desaparecía. Volvían a quedarse solos, uno frente al otro. Podían pasar largas horas sin decir palabra. Por la noche contemplaban cómo se encendían las estrellas y se contaban alguna historia de su infancia. Advertían que sus infancias habían sido paralelas: una gran casa con tierras inmensas a su alrededor, los secretos de los padres, su afición a aquella vida protegida pero libre y, sin embargo, su deseo de ser adultos nacido de su certidumbre de que, entonces, vivirían un destino excepcional.

En el carro de los actores, ya no se sentían solos. Cualquiera podía quebrar, en cualquier momento, su intimidad. Y, sobre todo, pronto tuvieron la convicción de que nadie en la compañía, y Xuy menos que nadie, los quería. Eran una molestia, un peligro y, sobre todo, una pareja contra natura. Mantenían siempre apartado a Jean-Baptiste, e incluso los que sabían francés hablaban siempre en annamita. Comprendieron que no se protegían a las personas como eran ellos: un oficial francés y una princesita educada por los blancos. Obedecían las órdenes de Tanh y de su «buró político». Preservaban un símbolo que sería «útil para la causa».

Una tarde en que hacía mucho calor, Camille se quejó.

—Tengo sed.

Sin vacilar, Jean-Baptiste tomó un vaso de metal, apartó la estera que cubría la parte trasera del carro y saltó al camino. Alcanzó el carro que precedía al suyo y tendió el vaso a la mujer que estaba sentada junto al tonel de agua. Ella lo llenó sin dignarse a mirar a Jean-Baptiste.

Xuy apareció de pronto junto al joven. Furioso, comenzó a gritar:

—¡No debe usted salir del carro! Es un blanco desertor, ¿debo recordárselo?

—Pero si no hay nadie. El lugar está absolutamente desierto.

—¡En todas partes hay ojos! Métase eso en su cabeza de ignorante oficial francés. ¡Está amenazando nuestra seguridad! Los franceses están instalando barreras en todos los caminos. Ni siquiera puedo ya dejarlos ahí dentro durante el espectáculo.

Y desde entonces Jean-Baptiste y Camille se hicieron actores.

Cada noche salían a escena; naturalmente,

Jean-Baptiste sólo representaba papeles mudos. Un exagerado maquillaje le transformaba en un indochino creíble, a pesar de su alta estatura. Camille encarnaba el personaje de la Reina. Le bastaba permanecer sentada en un trono de mentirijillas. Su amplio y engalanado atavío disimulaba su preñez.

On Dinh, el traidor del repertorio, con el rostro embadurnado de negro con rayas blancas, saltaba como un diablo de su caja, ante el único telón de fondo: dragones, nubes y fénix. Con gestos exagerados y estilizados al mismo tiempo, provocaba a Kim Lan, vestido de oficial de caballería, con la cara pintada de rojo, señal de lealtad y de valor. Ambos desenvainaban su sable.

—¡Ríndete o eres hombre muerto! —clamaba On Dinh.

A lo que Kim Lan replicaba:

—¡Ven aquí y te enviaré al otro mundo!

Combatían. Era una danza ritual, a ritmo de tambor. El público se estremecía. ¿Podría el héroe con el traidor? La brisa hacía vacilar la llama de los fanales. Los actores proyectaban en la tela sombras en anamorfosis.

Afortunadamente, Kim Lan acababa venciendo a On Dinh. El traidor caía a los pies de la Reina. Entonces, un actor enmascarado y disfrazado de criado, entregaba un laúd a la soberana.

Se inclinaba ante ella y una noche, cuando iba a erguirse, Camille lo retuvo por el brazo. Se mordía el labio haciendo muecas de dolor.

—Me encuentro mal —susurró—. Quédate a mi lado.

Jean-Baptiste (disfrazado de criado) apretó con fuerza la mano de la reina Camille. Entre bastidores, Xuy lo había visto y lo comprendió todo. Camille lanzó un grito. El laúd cayó al suelo.

El público sabía de memoria la pieza y obtenía placer, como en los cuentos infantiles, con su incesante y perfecta repetición. Se conmovió pues, se agitó, murmuró.

Xuy hizo una señal a Kim Lan que volvió a tocar y bailar. Mientras, Jean-Baptiste tomó a Camille en sus brazos y la sacó del escenario.

El criado transportó a su reina por las calles del pueblo. Encaramados a los árboles, unos niños daban vida a multicolores dragones. Otros, blandiendo fanales, danzaron alrededor de la pareja escapada de la representación teatral.

Encontraron enseguida una comadrona. Una joven sirvienta atizó un brasero bajo la gruesa tabla de madera donde estaba tendida Camille, desnuda ya. Sólo había conservado una camisola, y un paño disimulaba su vientre. La comadrona le levantó y dobló las piernas.

Jean-Baptiste se negó a abandonar a Camille. Se quedó allí, secándole con dulzura la frente, quitándole el maquillaje de teatro, reproducía una vez más el gesto que había sellado su acuerdo, que había iniciado su amor; por superstición, creía que aquel gesto iba a protegerlos. Pero nunca aquel gesto había sido tan tierno ni tan torpe. Sufría tanto como ella. Camille se arqueaba de pronto y su pequeño rostro de adolescente se retorcía de dolor.

La comadrona, en annamita, decía:

—Más aún... otra vez... así...

Jean-Baptiste tenía calor. Se secó las cejas con el dorso de la mano, que se manchó de maquillaje. La comadrona advirtió que no se encontraba bien y le amonestó.

—Has querido quedarte; ya te he dicho que no era cosa de hombres. Límpiate la cara, pareces un diablo, asustarás al niño.

Él no comprendió una sola palabra. Pero entendió la intención. Después, la comadrona se dirigió a Camille:

—¡Empuja! Vamos, otra vez... otra vez... otra vez... ¡Así! Respira...

Camille aspiró con ansiedad el aire, como si se asfixiara. Luego lo expulsó, desfallecida. El dolor le dejó unos instantes de reposo. Camille contempló a Jean-Baptiste, cuyo rostro estaba muy cerca del suyo, como si quisiera ocupar su lugar.

—Te quiero —le dijo en voz baja, al oído.

Camille aulló. ¡Le dolía tanto! Se agarró al brazo de Jean-Baptiste.

—Empuja —ordenó la comadrona—. Empuja más... Sí, más fuerte, más aún... ¡Ya se ve la cabeza! ¡Haz un esfuerzo! Sí, bonita, ya casi ha salido... Vamos...

Ante los atónitos ojos de Jean-Baptiste, trepó sobre el vientre de Camille.

El parto estaba muy cerca.

Camille gritó otra vez, como si la destriparan. La comadrona se movió, se atareó entre los muslos de la parturienta y sacó de ellos, lentamente, un minúsculo monstruo azul salpicado de sangre.

—¡Es un varón! —exclamó. Luego, en un francés estridente, entrecortado, dijo a Jean-Baptiste—: Tú tener flor. ¡Varón! Niña no bueno: capullo flor.

Blandió al pequeño por encima del vientre de Camille. El niño gritó.

Otros gritos respondieron, fuera, a los del bebé.

Xuy y sus actores dirigían un motín. Hacía tiempo ya que habían elaborado su estrategia. El buró político había dado aquel día su autorización.

Kim Lan, el héroe de la obra, tras su victoria sobre el traidor, había modificado su texto en una arenga: era necesario abatir a los hombres al servicio de la opresión de los blancos como él había abatido a On Dinh. Algunos miembros del Partido estaban diseminados entre el público. Eran hombres a quienes el pueblo escuchaba. Todos se levantaron, dispuestos a seguir a Kim Lan, galvanizados por su ejemplo. Los miembros del Partido les soplaron las consignas de su cólera:

—¡Contra el impuesto que nos arruina, contra el poder de los mandarines!

—¡Muerte a los ladrones de tierras! ¡Queremos arroz y justicia!

—¡Soviets! ¡Formemos soviets!

—¡Viva la Tercera Internacional!

Los hombres blandían el puño o una antorcha. Las mujeres llevaban a hombros a sus hijos. La vociferante muchedumbre se desplegó por el pueblo, los muchachos y sus dragones de papel se les unieron. Xuy marchaba en cabeza. Sabía a dónde llevarles.

No les costó mucho derribar a hachazos la puerta del patio. Corrieron por el jardín, por la casa. Los muebles, los paños, los libros, las chucherías, todo lo que encontraban pasaba de mano en mano. Luego encontraron el archivo de los papeles administrativos. Con gritos de victoria, arrancaron los expedientes, los arrojaron en el montón de objetos que habían acumulado en medio del patio.

Acorralaron al notable del pueblo en el fondo de una estancia. Lo agarraron, lo ataron a un sillón y lo llevaron, en triunfo burlón, macabro, hacia la muchedumbre que gritaba sus consignas. Lo pusieron sobre el montón de muebles y papeles. Xuy gritó una nueva consigna, todo el mundo la repitió. Entonces, lanzaron teas y antorchas a los pies del notable. La improvisada hoguera prendió en pocos segundos.

25

Cuando entraron en el despacho, Asselin descansaba en su sillón, con los ojos entornados, como un gran gato somnoliento. Se habían instalado en silencio contra la pared, con las manos unidas ante el pubis. Los cinco policías parecían escolares convocados por el director. Asselin no se había movido cuando entraron. Pasaron unos lentos segundos. Los cinco policías cambiaban furtivas miradas. Uno de ellos movió los pies; sus talones rascaron el suelo. Otro tosió, ahogada, inconteniblemente, como un espectador en un concierto.

De pronto, Asselin se levantó. Dieron un respingo. Asselin se mantuvo erguido sobre un solo pie durante un instante, levantando la otra pierna y tendiéndola con lentitud ante él. Luego, con una ligereza grotesca y terrible a la vez, se dejó caer sobre sus dos pies con las piernas abiertas y las rodillas flexionadas. Alzó despacio los brazos, hizo que describieran un abierto arco contra el techo, dobló el codo derecho, tendió el brazo izquierdo, ejecutó una serie de molinetes, rápidos unas veces, lentos otras, desplazó, con un movimiento de caderas, el peso de su cuerpo hacia la pierna adelantada, levantó la pierna trasera, apuntando la suela hacia los cinco atónitos policías, y volvió a caer en una finta de esgrima. Desorbitaba los ojos, contraía las comisuras de la boca, emitió unos sonidos guturales. Y, haciendo muecas, miró uno tras otro a los cinco funcionarios. No tenían deseo alguno de reírse.

—¡Sois unos acojonados! —gritó—. Buenos sueldos y primas coloniales, fumar opio, pequeñas y sumisas congays, ¡de eso sí que sabéis! —Había recuperado una actitud normal, agitaba ante sus narices un grueso puño furioso—. Pero cuando se trata de tener una idea, una sola, no puedo contar con nadie. Francia perderá su imperio por culpa de asnos como vosotros. ¡Y será pura justicia! —Su gran mano palmeó un muslo. Adoptó un aire abrumado—. Tengo la impresión de combatir solo contra toda Asia. ¡Estoy cansado!

Les dio la espalda y se dirigió al mapa de Tonkín clavado en la pared. Su gran mano, con los dedos muy abiertos, lo golpeó en pleno centro.

—Las algaradas —dijo (y miró a los policías con una mueca de desprecio)—, las algaradas se producen sucesivamente (la gran mano golpeó, con el índice y el corazón, rítmicamente, los círculos rojos trazados a lápiz en el mapa) aquí, aquí, aquí y, el jueves pasado, aquí. ¿Qué significa eso? —Unió con un trazo de yeso los círculos rojos—. Significa que alguien sigue esta línea y provoca incendios a su paso. —Volvió brutalmente la cabeza hacia sus subordinados y sonrió malignamente—. ¿De acuerdo?

Todos asintieron con vigorosos movimientos de cabeza.

—¿Quién circula por este itinerario sin llamar la atención? —canturreó.

Todos miraron hacia otra parte. Uno se mordió los labios con aire ausente. Otro se interesó apasionadamente por una mancha del techo. El tercero intentó limpiar de polvo la solapa de su chaqueta.

—¿Quién va de pueblo en pueblo, desde hace siglos, de modo que parece tan natural como el viento o la lluvia, tan natural que ni siquiera pensáis en controlarle?

Fingieron reflexionar.

Sabían a la perfección que aquellas preguntas eran puramente retóricas, que el propio patrón les daría la respuesta. En efecto, Asselin se la dio en forma de una nueva y torpe pantomima: molinetes con los brazos, pierna levantada, finta de esgrima, mueca terrorífica.

Gritó en annamita:

—¡Ríndete o te mando al otro mundo!

Seguían sin comprender nada.

Asselin los miró fatigado y volvió a sentarse en su sillón. Con voz neutra, les dio la clave del enigma:

—Las compañías de teatro.

Los que no querían parecer demasiado idiotas pusieron cara dubitativa: ah, ¿sí? ¿usted cree? Los que querían halagar a su jefe abrieron ojos maravillados: ¿cómo no lo habré pensado antes? Minh, el único annamita del grupo, se escandalizó:

—Señor Asselin, en nuestro país, los actores son gente a la que nunca nadie ha corrompido. Son libres. Libres y neutrales. Desde hace siglos. Es imposible que los comunistas los hayan corrompido. No tiene derecho a sospechar de ellos.

Asselin le dejó hablar sin interrumpirle. Lo contemplaba con fatiga y cierto desprecio. Cuando Minh hubo terminado, asintió con una profunda inclinación de cabeza y, luego, sin transición, enumeró sus órdenes:

—Quiero que, dentro de ocho días, todos

los actores, todos los bailarines, todos los músicos, todos los marionetistas, que recorren Tonkín estén entre rejas. Necesitaremos la ayuda de la Legión. Minh, tú coordinarás el trabajo. Nombre en código: «Operación Molière.»

26

Camille dormía a la luz del amanecer, con su bebé junto a ella. Todo estaba tranquilo. Se acercaban a Yunnan. Escarpadas montañas se levantaban, al alba, hacia el cielo. Una neblina azul celeste se mezclaba en sus cimas con las nubes procedentes de la China interior. La caravana teatral se había detenido a pasar la noche en una colina. Los caballos, desenganchados, acababan de despertar. Olfateaban perezosamente, con sus ollares, la hierba húmeda. Más lejos, invisible, se oía un torrente. Un torrente roto por dos cascadas, pensó Jean-Baptiste. Fue el primero en abrir los ojos; era de noche todavía. Había ido a encender el fuego, y luego admiró a Camille y al bebé, que aún dormían. Escuchaba en la lejanía el rumor del agua. En Bretaña, cuando era niño, sabía reconocer por el oído los accidentes y los meandros del menor riachuelo. Aquel torrente tenía dos cascadas, estaba seguro de ello; una caía en una cavidad de roca, en un lago minúsculo donde la corriente se remansaba. La otra se derramaba fuera de la cavidad y, luego, el riachuelo proseguía su curso, más estrecho, hirviendo entre guijarros.

Xuy se levantó poco después. Se aproximó al fuego, sorprendido al verlo ya encendido. Jean-Baptiste volvía con un haz de ramas en los brazos. No se dijeron nada. Jean-Baptiste tendió algunas ramas secas a Xuy, agachado junto a la hoguera, que las cogió, las partió en dos, las colocó en equis sobre la pequeña llama azul y naranja. Las ramas crujieron por el calor, la llama pareció desaparecer, pero luego creció, alta y roja. Jean-Baptiste lanzó los últimos pedazos de leña a la hoguera. Se agachó junto a Xuy.

—Cinco horas de camino —dijo Xuy (señalaba las montañas azules coronadas por la niebla)—, y llegaremos a China. La provincia de Yunnan.

Se había expresado en annamita. Luego prosiguió en un francés impecable, que Jean-Baptiste escuchaba por primera vez:

—¿Sabe lo que significa «Yunnan»?

—El país al sur de las nubes.

Xuy sonrió. Jean-Baptiste se sintió bien. Por fin le habían aceptado. Era un amanecer magnífico. Aquella noche, estarían en China, a salvo. Xuy le sonreía. El torrente tenía dos cascadas. Se levantó y se dirigió al carro donde Camille y el bebé dormían. Eran hermosos. Eran suyos. Con precaución, cogió al bebé, lo apartó del brazo de Camille, lo estrechó contra sí. El bebé, sin abrir los ojos, frunció la nariz y gruñó. En aquel mismo instante, Camille fruncía la nariz, se quejaba y apretaba el brazo libre contra su pecho.

Mientras acunaba al niño, pasó junto a Xuy y éste le preguntó:

—¿Adónde va?

—Muy cerca. No se preocupe.

—¿Con el niño?

Jean-Baptiste no respondió, se limitó a sonreír.

En una ondulación del terreno, al pie de una pendiente muy acusada, descubrió el remanso como si lo conociera desde siempre. No le sorprendió advertir que una cascada de dos o tres metros de altura llenaba aquel cuenco de piedra. Y constató que otra, de la misma altura, saltaba sobre un saliente de roca hacia el torrente que rugía por entre grandes piedras redondas o planas hasta el recodo, por donde desaparecía entre dos abruptas vertientes.

Jean-Baptiste penetró dulcemente en la helada agua del remanso. Cuando estuvo en el centro, a igual distancia de ambas cascadas, la del pasado, que le salpicaba con una humedad más sutil que el rocío, y la del porvenir, que proseguía el camino del torrente hasta ignoradas regiones, tomó agua con el hueco de la mano y la derramó sobre el cráneo del bebé, donde palpitaba la fuente.

—En nombre del Padre, del Hijo y del Espíritu Santo, yo te bautizo: Étienne, Marie, Loïc.

El contacto con el agua fría hizo abrir los ojos al niño que esbozó una mueca, preludio del llanto. Jean-Baptiste le secó con la mano, lo acarició, lo besó, susurró palabras incomprensibles. El bebé no lloró.

El padre y el hijo se miraron. Tenían la misma expresión grave y concentrada. El niño se parecía a su padre.

Mientras, los legionarios se habían desplegado alrededor del remanso. Cuando Jean-Baptiste levantó la cabeza, vio a un brigada, tocado con un quepis blanco, que abría mucho los ojos. No se sorprendió; no tuvo miedo. Miró uno a uno a los legionarios que le rodeaban, apuntándole con los fusiles. Le divirtió que fueran ellos los sorprendidos y pensó que aquéllos eran unos extraños padrinos. Comprendió que, en cierto modo, siempre había sospechado que su aventura terminaría así. No era un vencedor. No era un revolucionario. Ni siquiera un verdadero desertor.

Era un niño apasionado que había fingido (había hecho «como si») el mayor tiempo posible. Había actuado como si fuera libre de elegir su vida, sus rebeldías y sus amores. El juego había terminado.

Desde arriba, en la cima de la vertiente que daba al remanso, Camille asistió a su captura. Hacía ya rato que estaba allí. Había visto a Jean-Baptiste derramar el agua sobre la cabeza del pequeño y pronunciar inaudibles palabras. No se había atrevido a bajar. Comprendía que se trataba de un ritual entre padre e hijo. Y los había amado más todavía. Luego vio el despliegue de los legionarios y a Jean-Baptiste levantando la cabeza. Quiso gritar.

La mano de Xuy la amordazó y la echó hacia atrás.

—Has matado —susurró—. No lo olvides nunca. Te matarán. Y también morirá el niño. Déjalos. Entre blancos, se arreglan siempre. Tenemos que huir.

Ella se resistió. Xuy se la echó a la espalda, con una mano tapándole todavía la boca.

—Algún día volverás a verlos. Pero para eso tienes que vivir. Huye con nosotros.

Notó que ella ya no se resistía. La soltó. Camille recuperó el aliento —¿o tal vez los sollozos la ahogaban?—. Cayó de rodillas, posó la frente en el suelo.

27

Jean-Baptiste caminó días y días. No permitía que nadie llevara al niño en su lugar. Le habían trabado los tobillos; pero la cuerda era lo bastante larga como para que pudiera avanzar con pasos casi normales.

Se había acostumbrado pronto a la silenciosa hostilidad de los legionarios. Se sentía protegido por el niño que estrechaba contra su pecho. Había conservado sus ropas indochinas. Había rechazado el pantalón y la guerrera que le había ofrecido el brigada. Aceptarlos le habría parecido una traición. No le molestaba estar entre franceses. Le parecía salir de un largo sueño. El sueño le había gustado; el despertar le gustaba también. Siempre había sospechado que el sueño terminaría; su infancia le había preparado para ello: volvía a cerrar la novela de aventuras y, a su alrededor, todo volvía a ser como antes. Corría a sentarse a la mesa para la cena pensando en el momento en que volvería a abrir el libro, a la amistosa luz de la lámpara de su habitación. Jean-Baptiste, caminando a marchas forzadas entre una escolta de legionarios, aguardaba el momento de abrir de nuevo el libro o, si las circunstancias se lo permitían, el momento en que su hijo lo abriría en su lugar. Pensaba en Camille, que había cruzado la frontera china. Protegía a Étienne como lo hubiera hecho ella. O como si protegiera la realización concreta, viviente de sus sueños.

La noche del primer día, no vaciló en agarrar al brigada de la manga. Dos fusiles le golpearon los riñones. No se preocupó por ello. Mostró el pequeño al suboficial:

—Tiene hambre —dijo.

Acababan de entrar en una aldea de chozas miserables. Cerdos y niños medio desnudos corrían entre sus piernas.

Al brigada no le gustaba el prisionero que estaba a su cargo. Rígido, seco, demasiado educado, le incomodaba tanto como un oficial superior.

—¿Y qué puedo hacer yo? —dijo evitando mirar al bebé que Jean-Baptiste le tendía como una prueba.

—Encuentre una mujer —replicó Jean-Baptiste.

El brigada se sintió obligado a bajar los ojos hacia aquella cosita que gritaba, roja de cólera. Se encogió de hombros y dio algunas órdenes a los soldados y al intérprete, que dieron la vuelta a la aldea repitiendo la pregunta:

—¿Quién es madre? ¿Quién puede amamantar?

Los aldeanos señalaron a una joven, la llevaron hacia los militares. Aterrorizada, inclinó la cabeza y encogió los hombros. Cuando comprendió que aquel gran «nariz larga» de trabados tobillos le pedía que alimentara al niño, se irguió recuperando toda la autoridad de una nodriza.

Aldeanos y soldados se reunieron a las puertas de su casa. Asistieron al amamantamiento. El niño era tragón. Los legionarios lanzaron bromas entre socarronas y enternecidas. Los aldeanos sonreían de oreja a oreja.

«De etapa en etapa —explicará Éliane, veinte años más tarde—, desde la frontera china hasta Saigón, las mujeres indochinas te alimentaron con su leche. Y lo más sorprendente llegó más tarde. Después del verdadero viaje. Cuando comenzó la leyenda. Todas las mujeres afirmaban haberte alimentado. Incluso las que se habían secado mucho tiempo antes, incluso las que estaban en el otro extremo del país. Si algún día vas allí, desconfía. Todas tus nodrizas te aguardan, las verdaderas y las falsas. Si te reconocen, no escaparás vivo a su ternura.»

Luego, llevando a Étienne hacia la cubierta del barco y contemplando los Alpes como, suponía, Camille y Jean-Baptiste habían contemplado las montañas de Yunnan, añadirá: «Tu madre no tuvo tiempo de sentir apego por ti. Acababas de nacer. A menudo me he preguntado si debías conocer esta historia. Un día, tuve deseos de ponerme en contacto con la familia de Jean-Baptiste. No lo hice. Ni ellos tampoco...»

28

«Cuando te vi por primera vez, hacía tres días que te esperaba con impaciencia. Guy me había informado, una semana antes, de la captura de Jean-Baptiste. Yo había advertido en él una extraña reticencia. Al día siguiente, me telefoneó para explicarme que existía un bebé en el asunto y que, a fin de cuentas, yo era ya abuela. Dos días después, volvió a llamarme para decirme que, si no tenía ningún inconveniente, haría que me confiaran al bebé en cuanto Jean-Baptiste llegara a Saigón. De ese modo, tres días más tarde, te esperaba ante la casa, en compañía de Shen.

»Llegaste en los brazos de una enfermera militar. Con su uniforme y su velo blancos, parecía un ángel. Iba acompañada por un oficial de la Marina. Shen y yo nos lanzamos a tu encuentro. Eras tan pequeño, estabas tan arrugado todavía; tenías sólo algunas semanas.

»El oficial me saludó. Muy ceremonioso, me presentó al "niño Étienne" y me tendió un documento para que lo firmara.

»¡Como puedes imaginar, mi cabeza no estaba para papeles administrativos! Me apoderé de ti.

»Nunca había tenido un niño tan pequeño para mí. Camille tenía cinco años cuando la adopté. Shen se acercó para admirarte en mis brazos y exclamó, con gran sorpresa de la enfermera y del oficial:

»"Oh, vaya... Él, feo. Él, gota de barro."

»Aprobé:

»"Tienes razón, Shen. Él, muy feo. No bien hecho. No bien hecho en absoluto..."

»Y comencé a reír, a reír de alegría y de emoción.

»"Él no muy gordo —dijo Shen—. No bonito. Parece as de trébol."

»La enfermera y el oficial no comprendían nada. Debieron de creer que estábamos absolutamente locas.

»"¡As de picas, Shen! ¡Parece el as de picas!"

»Reíamos sin parar. Y te mirábamos, y te adorábamos ya.

»De todos modos, me tomé el trabajo de explicar a la enfermera y al oficial que los malos genios estaban escuchándonos y que, si decíamos que el niño era hermoso, se sentirían muy celosos y le harían daño.

»No creo que el oficial se interesara realmente por mi explicación. En cualquier caso, debió de tranquilizarle, pues me dio el documento que tenía que firmar y así hiciste tu entrada en casa de los Devries.»

29

—Déme a Le Guen —dijo Asselin.

Se había permitido el placer (y sin duda era el último de ese tipo) de invitar al almirante a su mesa del Continental.

—No —contestó el almirante.

—¿Qué hará con él?

—Espero instrucciones de París.

Asselin sabía que Le Guen había cortejado a Éliane y sabía que el almirante no había apreciado demasiado ser relegado por un teniente joven. Sabía que el almirante sabía que, también el director de la Policía cortejaba a Éliane desde hacía años. Sabía que el almirante sabía que, si Le Guen no les había puesto cuernos a ambos, al menos los había convertido en sus infortunados rivales. Sabía que al almirante no le gustaba que lo supiera. Se inclinó por encima de la mesa y, en voz baja, acuciante, dijo:

—Déjemelo dos días. Necesito interrogarle. Lo que sabe sobre las organizaciones comunistas, sobre los jefes y sus escondites es de gran interés para la Policía.

El almirante se demoró encendiendo un cigarrillo.

—Tres puntos —dijo—. Uno: Le Guen no habla. Desde su arresto, no ha dicho una sola palabra. Ni siquiera a mi jefe de estado mayor, que es un compañero de su promoción.

Señaló a Charles-Henri, sentado a una mesa a pocos metros de distancia.

—Dos —continuó el almirante—: ¿hablará tal vez si se lo entrego? Prefiero no probarlo. Sus métodos son conocidos.

El tono se hizo cortante. El almirante se complacía mucho con aquella enumeración, y se complacía más aún contrariando a Asselin.

—Tres —añadió—: Le Guen es un marino. Su caso será instruido y juzgado por marinos. Lo que interese a la Policía le será comunicado por las vías habituales.

Satisfecho de sí mismo, el almirante se levantó y alisó con gestos secos los faldones de su guerrera.

—Gracias —le dijo Asselin—. He aquí una nueva prueba de la ejemplar cooperación entre el ejército y la Policía.

Mientras el almirante se alejaba tras haberse encogido imperceptiblemente de hombros, Asselin gritó para que le oyeran todos los clientes de la terraza del bar:

—¡Así se hacen grandes los imperios!

30

Una mañana, Jean-Baptiste se levantó y dijo al soldado que custodiaba su celda que avisara al jefe de estado mayor: tenía que hablarle.

Charles-Henri llegó una hora más tarde. Llevaba un cuaderno en la mano, dispuesto a tomar notas. Se sentó en un pequeño taburete de madera.

—¿Te has decidido? Te escucho.

Jean-Baptiste se sentó a su vez, al borde del camastro. Su rostro flaco, tenso, no permitía adivinar sus emociones.

—Tengo una petición que hacer —dijo—. Una sola.

Unos días más tarde, salía de la prisión militar. Le habían entregado un traje de civil, demasiado estrecho y gastado. Fue a la plantación Devries. Esperó en la terraza a que un criado avisara a Éliane. Estaba en el mismo lugar donde

Camille, una noche de fiesta, le había visto partir detrás del almirante.

Sintió una presencia a su espalda, se volvió: no era Camille, era Éliane.

Se miraron unos instantes sin pronunciar una palabra. Había transcurrido un año, pero parecían diez. La encontró tan hermosa como la recordaba. Sintió cierta vergüenza de presentarse ante ella con aquel atuendo de pequeño funcionario pobre.

—Buenos días, Éliane.

—Buenos días, Jean-Baptiste.

Hablar y escuchar su voz era una prueba más difícil de lo que había creído. Seguía conmoviéndole como antes. Tal vez más. Ella era la historia que, por cobardía o excesivos escrúpulos, no había proseguido. Descubrió —¿pero de qué servía ahora?— que los días que había pasado haciendo el amor con ella en la casa de Saigón habían sido tan aventurados como los días de deriva y sed en la bahía del Dragón. Dijo, exagerando la ironía:

—Me han dejado veinticuatro horas en libertad. Por los asuntos en trámite...

Éliane no sonrió. Apartó los ojos. Jean-Baptiste comprendió que se compadecía de él. Llegó a la conclusión de que ya no le amaba. Le estaba bien empleado.

Entonces apareció Shen, empujando una cuna cubierta con una gran gasa blanca. Jean-Baptiste se acercó y, al cruzarse con Éliane, respiró su perfume. La recordó en el salón fantasma, levantando las telas blancas. Alzó él el velo de gasa y vio a su hijo dormido. Era otro fantasma, un pequeño fantasma vivo que crecería, encontraría sin saberlo las huellas de Camille en la casa, colmaría una ausencia; un inocente que permitiría a Éliane olvidar y recordar al mismo tiempo; una presencia nueva preñada de antiguas presencias. Jean-Baptiste pensó que, en adelante, a pesar de lo que sucediera, ni Camille ni él morirían, que su aventura proseguiría sin ellos, gracias a esa vida que había nacido y que se burlaba. La mano de Éliane se posó en la cuna. «El niño es suyo», pensó. Y comprendió que, con Étienne, ella realizaba lo imposible, poseer, al mismo tiempo, a Camille, a él mismo y su amor.

—¿Quieres llevarlo a Francia, con tu familia? —preguntó Éliane.

—No. He venido a pedirte que lo cuides. Más tarde, ya veremos... ¿Aceptas?

La respuesta no le sorprendió:

—No te habría permitido quitármelo de ningún modo , ¿sabes?

—No has cambiado.

Tendió la mano y la posó un instante, con ternura, en la mejilla de Éliane. No, no había cambiado. Pero él sí, profundamente. Ahora habría podido, habría debido amarla. El bebé lanzó un pequeño grito. Se había despertado. Devolvía a Jean-Baptiste a la realidad: era un desertor y un traidor. Según la acusación oficial. Y también según la acusación íntima.

Éliane tomó a Étienne en sus brazos. Lo besó, lo acunó.

—Nunca había tenido un bebé para mí, un pequeño de verdad.

Lo tendió como una ofrenda a Jean-Baptiste. Él recordó sin esfuerzo los precisos gestos que había aprendido durante el bautismo y que había repetido, cien veces, caminando entre los legionarios.

—¿Dónde pasarás la noche? —le preguntó Éliane.

—No lo sé.

Se sentía algo sorprendido. No había pensado en ello. Al salir de la celda, sólo tenía una idea en la cabeza: «Voy a ver a mi hijo. Y a Éliane.»

—Llévatelo —dijo—. Id a la casa de Émile. Será bueno para él pasar una noche con su padre.

—Gracias, Éliane.

Sintió un impulso de ternura hacia ella, pero

no la tocó: sus manos estaban ocupadas por el niño. Éliane le daba —por una sola noche— a su hijo y la casa donde se habían amado al mismo tiempo. No quiso ver en ello doble intención alguna. Sencillamente, le pareció amistosa.

—¿Quieres que Shen te acompañe para ocuparse de Étienne?

Jean-Baptiste sonrió.

—Sabré hacerlo...

—Mañana iré a verte... Te acompañaré al barco.

Hablaba con animación, sin dejar de admirar al niño, sólo para lanzar una mirada rápida al rostro de Jean-Baptiste. Él supo que amaba a Étienne. Casi lamentó quitárselo por una noche.

Se habían dicho lo esencial. Se disponía a marcharse con el niño cuando, por fin, se atrevió a preguntar:

—¿Tienes alguna noticia?

—Ninguna.

Era mejor así. Eso significaba que Camille estaba definitivamente a salvo. Nunca había dudado de que escaparía de todas las celadas.

—No te preocupes —dijo Jean-Baptiste—, volverás a verla. Se ha vuelto muy fuerte.

31

Jean-Baptiste acostó al niño en la gran cama. Le había dado su último biberón y le había cambiado los pañales.

No tenía sueño. Salió al balcón. La lluvia caía con un ruido que le recordó las dos cascadas junto al lecho de piedra.

Nadie sabrá lo que pensó aquella noche. Trang Vonh, el anciano criado de la casa, contó más tarde que Jean-Baptiste había permanecido en el balcón durante muchas horas. Cuando Éliane, al amanecer, conducida por Satait, llegó y le preguntó:

—¿Han dormido bien?

Sólo pudo contestar:

—Mí no saber.

—¿No has subido?

Recordó que se había despertado de improviso; oyó ruido en el primer piso, pero prefirió volver a dormirse. Dijo:

—No... El pequeño llorar esta noche. Y luego dormir.

Éliane subió la escalera, recorrió el pasillo, llamó a la puerta.

—¿Jean-Baptiste?

No le contestaron. Abrió suavemente la puerta.

Jean-Baptiste y Étienne estaban tendidos uno junto a otro, en la misma posición, con los brazos abiertos y la nuca relajada. Dormían a gusto...

Con pasos sigilosos, se acercó a la cama. Étienne tenía los ojos abiertos de par en par. Éliane rió en voz baja, enternecida. El bebé buscó con la mirada el origen del ruido.

También Jean-Baptiste tenía los ojos abiertos. La sábana le cubría hasta la barbilla.

Éliane sintió frío, miedo de aquellos ojos extrañamente fijos y del silencio de la alcoba. Se inclinó hacia Jean-Baptiste: un hilillo de sangre se había secado en la almohada, tras correr por su sien derecha.

Apartó la sábana: Jean-Baptiste tenía una pistola en la mano.

Posó la mano en su mejilla con delicadeza. Estaba fría como el mármol. Hacía varias horas ya que había muerto.

Lo cubrió de nuevo con la sábana, rodeó la

cama, tomó a Étienne en sus brazos, le acunó, balbuceó:

—Étienne, amor mío, vamos a casa, volvemos a casa.

Cruzó la habitación con paso tranquilo. Pero, en cuanto hubo salido, comenzó a gritar.

32

Era la hora del desayuno. Hacía un calor
húmedo. En la terraza del Continental, los hombres en mangas de camisa, y las mujeres, con
ligeros vestidos, con la frente brillante de sudor,
volvieron al unísono las miradas hacia el Delage
que paró delante de la entrada del hotel. La
portezuela trasera se abrió antes incluso de que
el chófer indio pudiera abandonar su asiento.
Apareció Éliane, lívida, despeinada; llevaba un
bebé en los brazos. Se lanzó hacia la escalinata.
El chófer la llamó:

—¡Señora!

Había subido ya los tres peldaños, dispuesta
a cruzar la puerta.

—¡Señora Devries!

Éliane se dio la vuelta. Satait le tendió los
brazos. Ella le miró con asombro, y luego comprendió. Bajó hasta él y le entregó al bebé.

En las mesas de la terraza, comenzaron los murmullos.

Éliane no oyó nada. Había entrado en el vestíbulo.

Recorrió varios pasillos. Excitada, advirtió que había olvidado el número de la habitación. Afortunadamente, divisó al inspector Perrot, apoltronado en un pequeño sofá, inofensivo cancerbero. Empujó la puerta que el hombre custodiaba. Éste apenas había tenido tiempo de verla y levantarse cuando ella había cruzado ya el umbral de la habitación.

> *Un joven oficial de marina*
> *Cierto día encontró en Pekín*
> *A una chinita divina*
> *Que paseaba en palanquín...*

Yvette Chevasson, envuelta en una sábana, con los hombros desnudos, los cabellos sujetos con unos palillos cantaba, encima de la mesa, y manteniéndose en equilibrio sobre un solo pie. Asselin la contemplaba con éxtasis, tendido en la cama, en calzoncillos.

> *Timelú Lamelú pan pan timelá*
> *Paddí Lamelú, coñitu la Baya.*

Éliane no esperaba sorprender aquel burlesco espectáculo y se quedó inmóvil en el umbral de la alcoba. Yvette saltó deprisa de la mesa a la cama, apretando la sábana sobre su pecho, como un participante en una carrera de sacos. Se acurrucó entre los almohadones y, chiquilla sorprendida en falta, se cubrió hasta el mentón con una manta. Asselin intentó ocultar precipitadamente su casi desnudez; tiró de la manta, que Yvette le arrancó con rabioso gesto.

—Júrame que no lo has hecho tú —rugió Éliane. Su determinación era terrible. Se mantenía en mitad de la estancia, con la cabeza inclinada hacia delante y los puños pegados a los muslos—. ¡Júramelo!

Asselin la miraba con una mezcla de turbación y estupor.

—¿Pero, bueno, Éliane, de qué estás hablando? ¿Qué es lo que no he hecho?

—Jean-Baptiste ha muerto. Y vosotros lo habéis matado.

—¿Cómo?

La sorpresa de Asselin pareció tan brutal que Éliane, de pronto, vaciló. Sintió que se relajaba aquella tensión hecha de pena, de miedo y cólera que la había llevado hasta allí. Asselin saltó de la cama, cogió los pantalones de una silla, se los puso con demasiada rapidez, perdió el equilibrio.

—¡Dominique! —gritó.

El inspector Perrot entró inmediatamente. Había seguido a Éliane y, oculto detrás de la puerta, había asistido a toda la escena.

Éliane se apoyó en la pared. Todas sus fuerzas la habían abandonado. Había corrido al encuentro de un enemigo. Un enemigo visible, concreto, identificable. Guy, Guy Asselin, deus ex machina de su pequeño mundo colonial. Y ahora parecía más desarmado que ella, un hombre gordo e irrisorio entregándose a jueguecitos grotescos y salaces. A fin de cuentas, ¿no era lo bastante abyecto como para revolcarse con la moza Chevasson la misma noche en que habría ordenado el asesinato de Jean-Baptiste?

—Está en la casa de Émile —dijo Éliane—. No he tocado nada, tiene el arma en la mano.

Sí. Era lo bastante abyecto. Recordó lo que se decía de los «métodos del director de la Policía», del placer que, aseguraban, obtenía de ellos. Ella nunca había querido pensarlo. Le conocía desde siempre. No al director de la Policía, que cumplía con su oficio. Al otro: a Guy, cuyas atenciones amorosas apreciaba.

Además, hacía falta un responsable.

La indignación surgió de nuevo. Se dirigió hacia Asselin, que se ponía torpemente una camisa:

—¡No se ha suicidado! ¡Nadie se mata con su hijo en los brazos!

Nadie se mata con su hijo en los brazos: era un acto injustificable. Durante todo el trayecto en coche, le había dado vueltas a esa idea, una convicción: Jean-Baptiste (el que sangraba por la nariz y soñaba con la batalla de Lepanto) era un niño, no habría infligido algo así a su hijo.

Intentó golpear a Asselin, que la esquivó como pudo.

—¡Cálmate, Éliane! ¡Cálmate!

—¡El día de libertad era para eso! Todos estabais de acuerdo, era libre. Libre para abatirlo, libre para morir. Pero lucharé, encontraré pruebas, contra ti, contra el ejército, contra el gobierno.

Asselin consiguió asirla de las muñecas. Le sujetó los brazos a la espalda, la atrajo contra sí: sus rostros se enfrentaron a pocos centímetros de distancia.

—¡Basta ya! ¡Basta!

Asselin era más fuerte. Éliane renunció. Estaba agotada. Hubo unos instantes de silencio. El cuerpo del hombre era sólido, compacto, ardiente. Vivo.

—¡Han sido los comunistas!

Yvette se había arrodillado en la cama, sujetando la sábana sobre su pecho. No soportaba verlos pegados el uno al otro.

—¡Han sido los comunistas! —dijo con un grito que más bien parecía un ladrido—. Lo habían infiltrado, estaba con ellos, y los ha traicionado, ha traicionado a todo el mundo. ¡De modo que se lo tiene bien merecido!

Asselin soltó las muñecas de Éliane. En voz baja, como si pretendiera que Yvette permaneciera al margen, le explicó:

—Has perdido la batalla de antemano, Éliane. A mediodía, todo Saigón estará convencido de que Le Guen se ha suicidado.

La palabra despertó en ella un rescoldo de cólera. ¿Qué sabía realmente? No podía esperar descifrarlo en sus opacos ojos.

Los ojos del director de la Policía. Asselin se dirigió a Perrot:

—Precintad la casa del señor Devries. Avisad al director del gabinete y al almirante Josselin. Llegaré dentro de diez minutos.

«Nunca sabré si Guy fue culpable o cómplice. O, mejor dicho, estoy segura de que fue cómplice. Aunque no estuviera al corriente de nada, aunque no diera orden alguna, lo que era, lo que pensaba y, sobre todo, cómo lo defendía (pues yo era como él, pensaba como él, pero nunca habría aceptado su moral del fin que justifica los medios), bastaba para hacerle cómplice. ¿Cómo dicen los comunistas en su jerga? ¡Ah, sí!

Un "aliado objetivo". Guy fue el aliado objetivo de la eliminación de Jean-Baptiste.»

Cuando, tras una última mirada de desprecio, Éliane salió de la habitación, Asselin se acercó tranquilamente a la cama y abofeteó a Yvette con todas sus fuerzas.

33

«Como estaba previsto, la comisión de investigación decidió que era suicidio. Iniciar un combate en recuerdo de Jean-Baptiste significaba luchar contra Francia y el imperio. Entonces, escribí una carta al mayor periódico de Saigón. Era una carta muy sencilla. Decía que tu padre amaba la vida demasiado para decidirse a abandonarla así.

»Le acompañé al barco. Se lo había prometido. Unos descargadores llevaban su ataúd, entre fruta, botellas, ropa de mesa, barras de hielo. Todo ocurría muy lejos de los pasajeros que estaban embarcando. Montones de cajas les ocultaban tan desagradable espectáculo.

»Las pesadas puertas correderas de la bodega se cerraron de nuevo. Son puertas sin tirador. Oí correrse los cerrojos.

»De no ser por ti, le habría seguido. Adondequiera que fuese.»

34

Una noche, varias semanas después, Asselin fue a buscar a Éliane a la plantación. Le dijo sencillamente: «¿Quieres acompañarme? Quisiera enseñarte algo.» Ella aceptó sin hacer preguntas. Consideraba que él era quien le debía respuestas.

Desde que habían embarcado el ataúd de Jean-Baptiste, no había vuelto a poner los pies en Saigón. Su padre iba al banco para arreglar los asuntos de la plantación y la factoría. Ella pensaba sólo en su trabajo y en Étienne. Sus árboles eran la prueba de que seguía viva. El niño era la prueba viviente del amor de Camille y Jean-Baptiste, la supervivencia de éste, la esperanza de que la joven no había desaparecido para siempre en alguna parte de los contrafuertes de las montañas de Yunnan.

Viajaron largo rato. Ni el uno ni el otro tenían ganas de hablar. Entraron en un pueblo del delta. Era de noche.

Asselin dejó el coche a un lado, a la entrada de la aldea, entre otros vehículos que parecían aguardar con los faros apagados. Éliane rechazó su mano cuando quiso ayudarla a bajar.

—¿Qué ocurre?

—Tú misma lo verás.

La invitó a entrar en el pueblo. Ella miró a su alrededor, creyó descubrir sombras ocultas junto a las casas.

—¿Has encontrado a Camille?

—Sólo quiero mostrarte un espectáculo. Edificante.

A Éliane no le gustaba que Asselin se abandonara a sus sibilinas maneras de director de la Policía. Sin embargo, avanzó por las desiertas calles de la aldea.

—Guy, ¿crees que esta puesta en escena es realmente necesaria? Si tienes que decirme algo, dilo de una vez.

—No creerías ni una sola palabra que saliera de mi boca. Pero creerás lo que veas.

Advirtió primero, saliendo de las calles oscuras y silenciosas, un murmullo y un halo. Desembocaron en la plaza del pueblo; Asselin la retuvo en el lindero de las sombras. Los hombres, las mujeres y los niños estaban allí, sentados ante un escenario. Escenario y teatro eran muy rudimentarios: un espacio delimitado por dos estacas y una lámpara de aceite. Éliane, al principio, sólo reconoció en las exageradas gesticulaciones de los actores formas extrañas y colores sin significado. Alguna escena abigarrada y milenaria del teatro annamita. Luego, percibió ciertas anomalías. Al fondo del decorado cuatro actores llevaban disparejos elementos de uniformes franceses: casco de infantería, medallas militares, aproximativas guerreras; otros tres, casi desnudos, sin maquillaje, sujetos por cadenas; el uniforme blanco de dos actores que ocupaban el centro de la escena; uno de ellos estaba maquillado según la tradición de los «malos» y de los «traidores», el otro, según la de los «héroes», de los Kim Lan. De pronto, una muchacha que vestía una túnica negra apareció entre los uniformes blancos. Empuñaba una pistola de madera. Apuntó con ella al actor disfrazado de «malo». Redoble de tambor: sonó el disparo. El «malo» cayó. Con la lentitud y el énfasis de su papel.

El público aplaudió. Los niños reían, pataleaban. Los hombres y las mujeres tenían lágrimas en los ojos.

Los cuatro «militares» hicieron gestos de sorpresa, de espanto, avanzaron hacia la asesina. Entonces, el «héroe», con su uniforme blanco, dio un paso hacia delante, hinchando el pecho, amenazador, y protegió con su cuerpo a la muchacha.

—¿Por qué me has traído aquí? —preguntó Éliane.

Como respuesta, Asselin hizo una señal hacia la noche, a su espalda. Aparecieron militares y policías y se lanzaron al asalto de la plaza.

—¡Responde, Guy! ¿Por qué?

Los militares destruyeron el teatro a culatazos y puntapiés. Castellani prendió fuego al telón de fondo. Los colores fueron fundiéndose, devorados por la frontera negra y roja del incendio, luego desaparecieron en una única gran hoguera que rugió con altas llamas amarillentas. Los aldeanos huían en zigzag; buscaban la protección de la noche, de las calles desiertas, chocaban con uniformes y fusiles, corrían en otra dirección. Perrot, con su hocico de rata rojo de excitación, pasó ante Éliane y Asselin llevando por el cuello a los dos pequeños actores que representaban los papeles de Camille y Jean-Baptiste. Los «amantes de leyenda» daban compasión.

—¿Por qué, Guy? ¿Por qué?

Él se había atrincherado tras su muerta mirada de director de la Policía. Se inclinó bruscamente hacia ella, le dijo al oído:

—Camille ha sido detenida. Está en el penal de Poulo-Condore.

Éliane sólo comprendió, al principio, una evidencia:

—¡Está viva, está viva, Dios mío! —Luego las frases se atropellaron. Balbuceó—: Gracias, Guy, gracias... ¿Desde cuándo lo sabes? ¿La has visto? ¿Cómo está? ¿Ha hablado de mí? —Finalmente, se sobrepuso y gritó como si fuera una orden—: ¡Harás que la liberen! ¡Quiero verla!

—No la verás.

Las llamas se habían convertido en chispas, en efímeros fuegos fatuos: el telón del teatro había ardido por completo. No quedaba nadie en la plaza: empujados por los polizontes y los soldados, los habitantes del pueblo habían desaparecido por las oscuras callejas, de las que brotaba un rumor quejumbroso.

—Es imposible —añadió Asselin—. Nadie puede verla. Yo no puedo...

—¡Basta! ¡Calla de una vez!

Parecía una gata. Pero no una de esas gatas que, al modo de Yvette, se dejan domesticar por una o dos caricias. A Asselin, Éliane le había gustado siempre por eso: era una mujer hasta la punta de las uñas, de aquellas uñas cortas como las de un hombre, el hombre que también era cuando dirigía a trescientos coolies y elegía a sus amantes como un hombre lo haría con sus queridas. Él no había sido elegido ni lo sería nunca. Aquella humillación no le disgustaba puesto que era infligida por Éliane.

—¡Eres el jefe de la Policía! —gritaba—. ¡Quiero a Camille!

Otra se le habría arrojado a los brazos, habría llorado, habría intentado, con tiernos subterfugios, obtener lo que quería. Éliane, en aquel instante, frente a él, no era una mujer: se le enfrentaba como una adversaria. Probablemente le habría dado un puñetazo si eso no hubiera sido vulgar.

—En estos momentos —replicó tranquilamente—, en toda Indochina hay, tal vez, cien compañías que representan la historia de Camille y de Jean-Baptiste. No puedo hacer nada por ella.

—¡Sácala! ¡Sácala del penal! —Y, en voz más baja, con dificultad, dijo unas palabras que Asselin había oído ya en tantos interrogatorios—: Te lo suplico.

No quería que Éliane le suplicara como las demás. Quería preservar su imagen de Éliane, la de una mujer que era igual a él, que tanto despreciaba a los hombres.

—¿Pero no lo comprendes? Camille no sólo

no saldrá del penal, sino que va a terminar como los demás, ¡comunista!

Tomó a Éliane del codo, la sacudió; no le importaba pasar por un canalla (además, no podía temer ya nada a este respecto, ¿verdad?), tenía que despertarla.

—El penal de Poulo-Condore es la mejor fábrica de comunistas del mundo. Se entra como malhechor, prostituta, parricida o nacionalista, ¡pero se sale comunista!

Era necesario que Éliane se enfrentara a la realidad.

—Y deseo, con todo mi podrido corazón, que Camille se haga comunista. Es el único modo de resistir allí. ¡Los demás mueren!

Pero era él quien despertaba, quien se encaraba con la realidad: todos sus combates estaban perdidos. Camille, Tanh, Éliane, Indochina. Una sola y única cosa, a fin de cuentas. Un solo y único y lacerante fracaso. Tuvo la confusa idea de que perdía Indochina porque nunca había podido tener a Éliane. A Éliane, que lo miraba a los ojos y parecía volver a ser tan dueña de sí misma como cuando se trataba de rechazarle, amablemente, en cuanto le proponía matrimonio.

—Ahora sé lo que eres, Guy. Nada. No eres nada. Sólo palabras. Escuchas, comprendes, no haces nada. No impides nada. No proteges. Eres peor que un cobarde. Acompañas, hueles, miras y hablas. ¿Te preguntas por qué no he querido acostarme contigo en todos estos años? No quería tenerte en mi vientre. Las mujeres no necesitan palabras en su vientre.

Se fue. Las lámparas de aceite iluminaban las humeantes cenizas del escenario. Allí ya no quedaba nadie. Ni un solo indochino. Únicamente aquel blanco, pesado y fuerte, que gritaba:

—¡Éliane!

Ella sentía deseos de unirse a los aldeanos apaleados por los polizontes. Sabía que no podía hacerlo. Robaría el coche del director de la Policía: sería una minúscula victoria. Sin duda una de las últimas que ese país iba a concederle.

—Éliane —gritaba la voz de un hombre, como si toda su vida de «asiática» la llamara.

No miró atrás.

35

«Cumpliste cinco años. No tenía noticias de tu madre, no sabía nada, salvo que estaba viva. Para obtener su gracia, yo había escrito al presidente de la República, al ministro de Justicia, al ministro de Colonias, al gobernador general.

»Ya no me respondían.

»A mi padre le encantaba ocuparse de ti. ¿Lo recuerdas? No tenías aún cuatro años y ya te llevaba con él en el ocho. Te sentaba entre sus rodillas. Kim, como siempre, era el remero de proa. Tú gritabas con tu abuelo: "¡Adelante!" Y los remos se levantaban juntos y caían juntos para golpear el agua.

»Hacía muchos años que el ocho con timonel de Émile no había podido poner en juego su título. Ninguna tripulación de blancos habría aceptado enfrentarse con amarillos, y menos todavía con los "amarillos de la Devries".

»En resumen, Émile pudo enseñarte así el deporte sin envite, el deporte por el deporte. Era bueno también. Pero a veces lamento que sólo tengas de Indochina un recuerdo frustrado. Habrías debido conocer los tiempos felices, cuando nadie cambiaba de acera al cruzarse con un Devries.

»Ningún vecino, ningún notable —tan orgullosos antaño cuando eran invitados a mi casa— me visitaba ya. Cuando iba a Saigón, los empleados del banco no me saludaban siquiera. Para los indochinos, seguía siendo una blanca. Para los demás... Ignoraban de qué lado estaba yo.

»Ni yo misma lo sabía.

»Un día, ¿lo recuerdas, Étienne?, salíamos del Delage cuando una pella de tierra roja —barro, en realidad— me dio en el hombro. Satait cogió rápidamente al chiquillo que la había tirado. Oh, era rubio, rosado, tenía los ojos azules... Satait me lo trajo por una oreja.

»"No he sido yo, no he sido yo, decía. Han sido mis padres. Dicen que usted es..."

»La palabra le parecía tan terrible que no se atrevía a pronunciarla.

»"¿Que soy qué?"

»Satait le dio tal tirón de orejas que el niño se echó a llorar.

»"¡Una roja! ¡Una sucia comunista!"

»¿Qué podía contestar a eso? Le contesté...»

Étienne toma el brazo de Éliane y termina en su lugar la historia:

«Le contestaste:

»"Les dirás que es cierto."

»Luego ordenaste a Satait que lo soltara. ¡El pequeño francés rubio puso pies en polvorosa! Si yo hubiera tenido tres años más, le habría roto la cara. Y luego dijiste a Satait que no contara el incidente a Émile.

»Pobre Émile... Había consagrado su vida a hacerse un lugar en Indochina... ¿Piensas alguna vez en él?»

Éliane se encoge de hombros.

«¿Cómo puedo dejar de pensar en él? Yo era él. Era su hija.

»Aquella plantación que tanto amaba yo, que tanto amaba él, se había convertido en tu reino. Día tras día, tenía que resistir la presión de Edmond de Beaufort y de los banqueros. Querían mis tierras. Yo quería conservarlo todo para mi hija y para ti. Cuando Camille estuviera libre de nuevo, todo sería como antes: era mi razón para vivir. Mientras, tú estabas allí.

»Tú eras toda la felicidad que me quedaba. Todo el amor. Toda la esperanza.

»Recuerdo tu quinto aniversario. Te habíamos regalado una cometa. Corrías por el césped con Satait. El dragón de papel tomaba impulso, zigzagueaba por el cielo, y tú reías...

»Y luego, una noche, Guy telefoneó. Me habló como si nos hubiéramos separado la víspera. Como si entre nosotros no hubiera tres años de silencio.»

36

Asselin estaba tendido boca abajo sobre una mesa, desnudo, blanco, velludo. Un chino, gordo e imperturbable, le daba un masaje sin miramientos. A su alrededor, una veintena de invitados contemplaban el espectáculo. Variopinta concurrencia en la que había tanto un elegante indochino como un mocetón pelirrojo de aspecto irlandés.

La propia Yvette abrió la puerta cuando Éliane se presentó. Siguieron por el largo pasillo de la suite hasta el salón donde Asselin recibía el masaje.

Al verla, dijo en voz alta:

—Señoras y señores, saluden, he aquí la mujer a la que amo.

—Burro —masculló Yvette entre dientes.

Éliane entró en el salón, se acercó a Asselin que, probablemente, se había dado valor trasegando algunas copas.

—Te lo perdono todo —le anunció.

Ella sonrió.

—Yo no.

Asselin hizo un gesto fatalista.

—No tiene importancia, me voy.

El masajista multiplicó sus golpes. Asselin hizo una mueca de dolor y volvió el rostro hacia el chino.

—No te prives y no me prives. Es el último. Hazlo inolvidable.

Dirigió la mirada hacia Éliane. La noticia, a fin de cuentas, parecía haberla entristecido un poco. Se sintió contento.

—Sin mis chinos, no habría pasado aquí la mitad de mi vida...

—¿Por qué te vas?

—Despedido... Expulsado... Echado... De patitas en la calle... ¿Captas?

—No.

—El Frente Popular es como tú, como los militares, como todo el mundo... No quiere a Guy Asselin.

—¿Adónde vas?

—Aterrizaré en alguna parte, en algún minúsculo punto del imperio. —Indicó por señas al chino que ya tenía bastante; se levantó, se puso un batín de seda bordada—. Expulsan a los inocentes —murmuró dirigiéndose a Éliane—. Se disponen a liberar a los culpables.

Vio que su rostro se iluminaba: ella había comprendido.

Apartó la mirada, dio varias palmadas para obtener silencio.

—Bebed, amigos míos, bebed para que olvide mi desgracia. Y si os gustan los secretos, interrogaos los unos a los otros, lo sabéis todo de Saigón. Yo sólo era el buzón, la central de Correos... Os libero de vuestro juramento de silencio. Esta noche podemos decirlo todo.

Tras una señal de Asselin, Perrot puso un disco en el fonógrafo. Era una rumba. Los invitados vacilaron.

Entonces, Asselin, con los ojos cerrados, se puso a bailar solo. A Éliane le pareció algo patético. Se acercó a él y juntos bailaron una rumba de despedida.

Concentraron su atención en la impecable ejecución de las figuras. Bailaban perfectamente acompasados.

Éliane abandonó los brazos de Asselin cuando pasaban ante una hermosa y distinguida china.

Con toda naturalidad, Éliane le dejó proseguir la danza en sus brazos y abandonó el salón donde estaban formándose otras parejas.

En el pasillo, encontró a Yvette que le cerraba el paso.

—¿Cree usted que tengo un destino?

Estaba borracha.

—Vuelva enseguida junto a Guy —le dijo Éliane—. No es un hombre al que pueda dejársele solo. Ese tipo de hombres no dejan nunca de herirse.

37

Frente a la isla de Poulo-Condore, la costa era negra. Una mina de carbón al aire libre.

Cuando Éliane llegó a las barreras custodiadas por los soldados, una muchedumbre de indochinos aguardaba ya desde hacía horas. Apretujados contra las cercas, permanecían silenciosos. Escrutaban la franja de mar que separaba la costa de los grandes islotes rocosos. A Éliane le costó mucho acercarse a las barreras. Nadie se apartaba de buen grado.

Había transcurrido más de una hora cuando la gente comenzó a murmurar y a agitarse. Acababan de distinguir la barcaza. El corazón de Éliane latió más deprisa. Absurdamente, se puso de puntillas como si aquello le permitiera ver mejor.

El rumor creció cuando la barcaza abordó. La muchedumbre se apretaba contra las barreras. Los soldados rechazaban a los de primera fila con la ayuda de sus fusiles. Pero, cuando los prisioneros empezaron a bajar al embarcadero, la agitación y los empujones aumentaron. Estallaron algunos petardos. La gente gritaba, llamaban a las hileras de prisioneros que se acercaban sin responder, con una máscara de dureza en la cara. Éliane utilizó los codos como los demás, empujó y fue empujada, escrutando nerviosamente a aquellos hombres y mujeres demacrados entre quienes se hallaría Camille. Los soldados habían retrocedido. Las barreras se doblaban bajo la presión de la multitud.

—Guarden la distancia —advirtió un altavoz—. Los prisioneros amnistiados serán transportados a Saigón en camión. Se los liberará en los locales de la Policía nacional.

El altavoz repitió la orden en annamita, pero nadie escuchaba. Desbordados, los soldados retrocedieron más aún; las barreras cedieron. La multitud penetró por la brecha. Éliane se sintió arrastrada, tuvo que correr con los demás para salir de aquel atestado embudo que la estrangulaba. Las hileras de prisioneros se deshicieron. Todos corrían al encuentro del hijo, del marido, de la mujer, de la madre. Éliane perdió el sombrero. No le preocupó. Miraba a cada prisionero con el que se cruzaba. Camille no aparecía. Camille no estaba.

De pronto, advirtió que a cierta distancia se había formado un grupo. Rodeaban alegremente a una joven, la tocaban, la saludaban. Éliane se acercó. Escuchó los gritos:

—¡La princesa roja! ¡La princesa roja!

Éliane corrió. Jamás su corazón había latido tan deprisa.

—¡La princesa roja!

Éliane la reconoció justo cuando la vio Camille. Una Camille envejecida, flaca, con los cabellos recogidos. Llevaba una pobre túnica de basta tela gris. Estaba inmovilizada. Una mujer le palmeaba el brazo repitiendo: «¡La princesa roja!» Camille vio que su madre corría a su encuentro por entre la carbonilla. Una mujer alta, rubia y hermosa, con un vestido elegante y sobrio, como una anomalía, un recuerdo extraviado entre aquella muchedumbre indochina y aquel paisaje devastado. No se movió, no hizo gesto alguno hasta que Éliane la tomó en sus brazos.

—¡Oh! Hijita mía, querida...

Éliane intentaba contener su emoción. Reía entrecortadamente, apretaba con fuerza los hombros de Camille, retrocedía, la examinaba de los pies a la cabeza:

—Cómo has adelgazado... Dame tu bolsa, yo la llevaré.

—No, está bien.

—Lo he intentado todo, lo probé todo para sacarte de ahí... Rogué, habría dado mi vida... He tenido tanto miedo de que no pudieras resistirlo...

Éliane se dio cuenta de que Camille la contemplaba como si no pudiera reconocerla. Sin hostilidad. Pero sin calor. Demasiados años, pensó, demasiados años en aquel penal, con sufrimientos que ni siquiera podía imaginar. Sin duda necesitaría tiempo para regresar a la vida normal. Era mejor no apresurarse. Debía asegurarle que su vida, fuera del penal, había sido preservada, que le bastaría con recuperar lentamente su lugar, el lugar que siempre había sido suyo, la existencia para la que había crecido.

—Lo he conservado todo —dijo Éliane—. La casa, la plantación, las tierras. Son para ti.

—No regresaré.

Una prisionera pasó corriendo, empujó a Éliane, gritó en annamita:

—¡Sigue, de lo contrario no tendrás sitio!

Junto a las barreras, los prisioneros comenzaban a subir a los camiones.

—Debo irme —dijo Camille.

Ya no miraba a su madre; miraba los camiones. Éliane la agarró del brazo.

—No sabes lo que estás diciendo. Piénsalo, te lo suplico...

No era posible. Camille había sufrido demasiado. Tal vez había creído —sí, sin duda era eso— que su madre la había abandonado, que no había intentado nada para sacarla de allí, que se vengaba de su fuga, de su pasión por Jean-Baptiste. Éliane no sabía qué decir para que comprendiera su pesadumbre, para que admitiera que todo había sido olvidado, perdonado, como si no hubiera sucedido o, al menos, como si hubiera sucedido en una vida que no las afectaba ya.

—Hace cinco años que lo estoy pensando —dijo Camille.

Y entonces, en aquel instante, cuando Éliane, conmovida, iba a renunciar a convencerla, Camille cedió, se abandonó a los brazos de su madre, como una chiquilla, con los ojos llenos de lágrimas.

—Es demasiado tarde, mamá. No puedo volver atrás. Ya no tengo pasado. Lo he abandonado todo, lo he olvidado todo.

Hubiera querido guardar para sí aquellas palabras. Pero se le escaparon en desorden. Y no querían decir nada. No podían decir nada de aquellos cinco años y de la nueva Camille que le habían obligado a inventar, a construir, a defender día tras día, porque en Poulo-Condore ya nadie soñaba los sueños del exterior, de la infancia y del pasado, so pena de dejarse morir. Se aprendía a soñar en un porvenir, con los demás, los compañeros de penal, a introducir la propia historia en la Historia, pues sólo ella les podría dar algún día la razón, sacarlos de allí y permitirles terminar de una vez con Poulo-Condore y con quienes los habían encerrado. Y aquello no se llamaba «sueños», sino «sentido de la historia» o «la revolución».

Se soltó dulcemente de los brazos de Éliane, la miró a los ojos, advirtió que le sería difícil hacerle comprender todo aquello.

—Si hubiera pensado en ti, en Jean-Baptiste, habría muerto de pena —dijo—. Luché contra mi memoria, luché contra mí misma. Y un día lo conseguí. Ya no era nadie. Sólo me quedaba sobrevivir.

Éliane no respondió. Era inútil. Había ido a buscar a su hijita como una cómplice que habría fingido, con ella, creer que aquellos cinco años —no, aquellos seis años— no habían existido. Camille era una mujer. Una extraña surgida de un mundo inimaginable. Por ejemplo, no le conocía aquella sonrisa triste, firme y adulta que le dirigió al hacerle esa sencilla pregunta:

—¿Cómo se llama?

—Étienne... Es un muchachito maravilloso.

Camille rompió a sollozar. Éliane se reprochó no tener modo alguno de ayudarla.

—No quiero que sepa lo que he vivido, lo que he sufrido —lloraba Camille—. Quiero que sea feliz.

Aquella palabra dio mucho miedo a Éliane. No, no por Camille. Sino por Étienne. Había creído, con toda buena fe, durante quince años, estar dando una inmediata felicidad a Camille y prepararla así para toda una vida de felicidad. ¿Cómo no equivocarse de nuevo con Étienne?

—Vete a Francia —dijo Camille. Había recuperado, a pesar de las lágrimas, su determinación—. Llévatelo. Tu Indochina ya no existe. Ha muerto.

Se soltó bruscamente de los brazos de Éliane, la miró por última vez, rozó su mejilla. Éliane le cogió la mano y la apretó con fuerza contra sus labios. Un soldado agarró a Camille del brazo, la separó de Éliane y la lanzó hacia el grupo de prisioneros que otros soldados empujaban hacia los camiones. Éliane la perdió de vista. Permaneció allí, largo rato, buscándola con la mirada, mientras, uno a uno, los camiones partían hacia Saigón. No volvió a verla. Sólo mucho más tarde fue consciente de que había visto a su hija por última vez.

EPÍLOGO

Éliane vendió la propiedad algunos meses más tarde. Una noche, cuando hacía mucho tiempo ya que todos los obreros habían regresado a sus casas, se paseó entre los heveas, sangró uno con un golpe preciso y contempló el látex que fluía del árbol. Era su adiós a la plantación. Camille no realizaría nunca aquel gesto. La plantación no le interesaba ya.

Beaufort y los banqueros se habían vuelto cada vez más acuciantes. Se sabía que Camille, tras su liberación, había desaparecido. Se afirmaba que estaba en China, desde donde preparaba la lucha contra los franceses. Guy Asselin se había marchado a una isla perdida en el Pacífico. En sus maletas se había llevado a Yvette Chevasson, y era a ella a quien más se echaba de menos: las noches de Saigón carecían de diversiones de calidad. Asselin no volvería a poner los pies en Francia. Prefería aquella Francia de caricatura que incubaba sus tics pequeñoburgueses al calor de los trópicos. El Frente Popular no sobreviviría al tiempo de las cerezas. Después, iban a necesitar de nuevo especialistas como él.

Éliane deseaba partir. Camille tenía razón: Indochina había muerto, no debía educar a Étienne en aquella hediondez y aquella violencia. Pero no se decidía a vender a Beaufort.

—¡Defiéndase, Lili! —conminaba la señora Minh Tam—. ¡Luche!

—¿Con quién, tía? ¿Y por quién?

—Por usted. Por mí.

Y una mañana la señora Minh Tam había sacado de entre su ropa un enorme sobre y se lo había tendido a Éliane. Éliane lo abrió: eran piastras, cientos de miles de piastras.

—Es un adelanto —le había dicho—. Compro sus tierras y las de Camille. Naturalmente, más baratas que el señor de Beaufort.

—¿Cuánto más baratas?

La señora Minh Tam se había inclinado hacia Éliane y le había susurrado la cifra. Éliane había negado con la cabeza.

—No puedo pagar más —aseguró la señora Minh Tam.

Éliane había mirado a su alrededor: la casa,

los heveas, toda su vida. Estaba dispuesta a entregarlo todo. Pero regatear estaba permitido...

—Haga un esfuerzo, tía.

Lo que Éliane cedió en el precio, lo recuperó en principios. Los criados, Shen, Satait, Trang Vonh y todos los demás seguirían al servicio de la señora Minh Tam; también Kim seguiría como administrador. Y, sobre todo, Émile Devries no abandonaría la plantación.

Él no hizo el menor comentario cuando Éliane le anunció la venta de la propiedad y las disposiciones que había tomado. Sin decir una palabra, salió del salón. Se apoyaba en un bastón desde hacía algún tiempo; descuidaba su ocho con timonel y ya no se teñía el bigote. Pasaba la mayor parte de su tiempo con Hoa. Éliane hizo bien en defenderla cuando sólo era la nueva congay. Sentía mucho afecto por Émile, quien a pesar de los años transcurridos, nunca había pensado en sustituirla.

El padre y la hija se despidieron la víspera de la partida. Hacía ya algunos días que Devries no comparecía en las comidas. Éliane sabía por Shen que esperaba a que ella se marchara a ocuparse de la plantación para ir a jugar con Étienne; pasaba con el chiquillo todas las horas que ella estaba ausente. No intentó ir a buscarle a su alcoba. Comprendía por qué no quería verla ya. El viejo Émile era orgulloso: prefería ser el primero en abandonar a quien le había anunciado su abandono.

La víspera de la partida, todo el equipaje estaba hecho y dispuesto para el embarque. Éliane recorrió durante un rato todas las estancias con el pretexto de comprobar que no olvidaba nada. Pero todos sabían que ella nunca olvidaba nada. Antes de que la tristeza la dominara, se dirigió a la factoría. Creyó estar haciendo una última inspección.

En cuanto hubo cruzado el gran portal, atravesando los rayos de luz que formaban las claraboyas, y pasó los dedos por las correas de las máquinas, supo que nunca hubiera debido entrar. Recorrió la desierta factoría, recordó todos los años que había pasado allí, entre los obreros, en pleno corazón de su razón para vivir. Se detuvo un instante ante la máquina que había puesto en marcha el día del incendio, recordó a su padre quitándose la chaqueta nueva con espléndido gesto de duelista que arroja su capa a lo lejos, para instalarse ante la laminadora. Pasó lentamente junto al mostrador en el que se había tendido un joven oficial que sangraba por la nariz cuando no podía contener sus emociones.

Su padre la encontró al fondo de la factoría,

refugiada junto a una claraboya. Le puso con ternura la mano en el hombro. Ella se arrojó a sus brazos y rompió a llorar. Era la primera vez (¿desde hacía cuántos años?, desde siempre tal vez: ni siquiera cuando era niña se atrevía a mimarla, por pudor, por timidez), era la primera vez que la estrechaba entre sus brazos, la primera vez que ella se le abandonaba sin reticencias (de niña, no lo hubiera hecho: la trataba como a un muchacho y habría temido decepcionarle). Hablaron a media voz, se dijeron palabras entrecortadas, ahogadas por los sollozos y la emoción, como hacen los amantes a quienes separa la fatalidad.

—Lo que más añoraré —comentó ella de pronto, como su confesión más sincera y esencial— es lo que no le gusta a la gente... el olor del caucho... ¿Recuerdas la primera vez que me trajiste aquí...? ¿Qué edad tendría...? ¿Ocho, nueve años?

Él le acarició la cabeza en silencio. ¿Cómo no recordarlo? ¿Pero a qué venía hablar de ello ahora? Ella se disponía a proseguir su vida en otra parte, él la concluiría allí. Sin embargo, ambos recordarían aquel primer día en la factoría. El olor del caucho, «que no le gusta a la gente», era en cierto modo el de su entendimiento. Sus sueños y sus éxitos habían tenido un olor acre.

Tal vez fuera eso lo que «la gente» les hacía pagar.

—No me acompañes al barco —murmuró Éliane—. Nadie...

«¿Recuerdas? Le dije a Satait que dejara las maletas, que los marineros se encargarían de ellas. Aparté la mirada para ver dónde estabas. Cuando quise decirle adiós, había desaparecido.»

Éliane trepó por la pasarela hasta el paquebote, llevando de la mano a Étienne. Se encontraron solos en cubierta. Nadie. Como Éliane había querido. Satait estaba al volante del Delage estacionado en el muelle.

No se dio la vuelta. Pero aguardó, antes de marcharse, a que el paquebote hubiera aparejado.

»Creía que yo iba a desembarcar.

»Le parecía imposible que me fuera.»

—Mañana, Francia perderá Indochina. De una vez por todas. Los vietnamitas han traído una numerosa delegación.

Éliane señala el Grand Hôtel de Ginebra, al otro lado del lago, donde se reúnen las delegaciones francesa y vietnamita. Un chiquillo corre por la orilla haciendo volar una cometa blanca y roja.

—¿Ves el Grand Hôtel? Camille, tu madre, está allí. En la habitación 212.

Posa su mano en la de Étienne, apoyada en la balaustrada.

—¿Quieres verla?

—¿Y tú?

Éliane sacude lentamente la cabeza, se ajusta las gafas oscuras como si quisiera asegurarse de que ocultan bien sus ojos.

—¿Yo? No.

Al día siguiente, Éliane está sentada a orillas del lago. Hay dos hombres que al pasar la miran con insistencia. Con su negro turbante, tras sus gafas negras, vistiendo un negro modelo de Lanvin, Éliane sigue siendo hermosa. Tiene sesenta y cinco años. No ve a los dos hombres. Escucha una melodía, a lo lejos; sin duda, un disco que suena en una de las casas próximas al lago. Es un tango. El que bailó, hace mucho tiempo, con Camille, una noche de fiesta. Recuerda sus desastrosos ensayos, sus carcajadas, su breve triunfo aquella noche, con la armoniosa conjunción de sus pasos y sus intenciones. Sonríe.

Se levanta cuando ve a Étienne saliendo del hotel. Es alto y esbelto como su padre, tiene el rostro de su madre. Pero no lo sabe. Son las abuelas o las tías-abuelas quienes llevan la cuenta de los parecidos familiares. Étienne sólo tiene a Éliane. Hasta estos últimos días, le había evitado los relatos del pasado.

Sin una palabra, la coge del brazo.

—¿La has visto? —pregunta Éliane.

Él sonríe, la mira con una insistencia cómica; lo hace adrede porque detesta las gafas oscuras que ella lleva y no pierde ocasión de demostrárselo.

—En el vestíbulo —responde recuperando su seriedad—, había mucha gente. Policías, servicio de orden y barreras. Al otro lado de la barrera, un grupo de indochinos, bastante numeroso. Había algunas mujeres. De pronto, sólo he podido pensar en la ridiculez de la situación. Me he imaginado empujando a los policías, saltando la barrera y lanzándome hacia una indochina gritando: «¡Mamá!» Entonces he pensado que necesitaba un milagro. He esperado que una de aquellas mujeres se lanzara sobre mí gritando: «¡Étienne, hijo mío!» He esperado bastante rato. No ha ocurrido nada. Y me he marchado.

—Siempre estás bromeando.

—No. Todo lo que te he dicho es verdad.

Éliane piensa que allí está Camille, es cierto, pero también Tanh.

Los desposados del Palacio Imperial se encontraron de nuevo en la lucha revolucionaria. ¿Sorprendente? En absoluto, y fue bueno para ambos. A fin de cuentas, en toda esta historia, sólo ha existido una víctima: Jean-Baptiste. ¿Pero fue realmente una víctima?

Étienne se inclina hacia Éliane y, sin abandonar su tono juguetón, añade:

—Mi madre eres tú.

Le pone un brazo en el hombro. A ella le gusta aquel peso amistoso, confiado y protector, pero lo elude.

—Creo que se me ha roto un tacón. Sigue tú. Te alcanzaré.

Mientras el joven se aleja (cómo se parece a su padre, Dios mío, cuando se aleja así, porque recuerdo, sobre todo, al Jean-Baptiste que se alejaba, era lo que mejor hacía, marcharse, hacer la reverencia y largarse a otra parte), Éliane, a la que no se le ha roto ningún tacón, se acerca a la balaustrada sobre el lago. No, no ha habido víctimas en esta historia. Tampoco Jean-Baptiste. Realizó su sueño infantil, convertirse en un «héroe de leyenda». Todos nosotros vivimos lo que nos estaba destinado. Y qué hermosas y azules son hoy las montañas.

Al día siguiente, 22 de julio de 1954, la conferencia de Ginebra ponía fin a veinticinco desgarrados años y consagraba la división en dos Estados distintos de lo que, en adelante, se llamaría Vietnam.